JOHANN GOTTFRIED SEUME

MEIN LEBEN

NEBST FORTSETZUNG
VON
C. A. H. CLODIUS

MIT EINEM NACHWORT
VON GÜNTHER BIRKENFELD

PHILIPP RECLAM JUN. STUTTGART

Universal-Bibliothek Nr. 1060/60a
Gesetzt in Borgis Garamond-Antiqua. Printed in Germany 1971
Satz: Vereinsdruckerei Heilbronn. Druck: Reclam Stuttgart
ISBN 3 15 001060 8

Mein Leben

Veritatem sequi et colere, tueri justitiam, omnibus aeque bene velle ac facere, nil extimescere.

Das Mißliche einer Selbstbiographie kenne ich so gut als sonst irgend jemand, und ich halte mich für nicht wichtig genug, daß überhaupt mein Leben beschrieben werde. Wenigstens wäre es nach vierzig Jahren noch Zeit genug. Ein angesehener Buchhändler bot mir vor einigen Jahren, als die Aspekte am literarischen Himmel noch besser standen, eine beträchtliche Summe, wenn ich ihm die psychologische Geschichte meiner Bildung schreiben wollte. Ich gebe mich aber nicht gern zu dergleichen Spekulationen her, und es geht etwas wider mein Wesen, auf meine Kosten, vielleicht etwas eigentümlich, einige allgemeine Wahrheiten zu sagen, die die eine Hälfte längst weiß und die andere Hälfte nicht wissen will. Folgendes hat mich indessen bestimmt, etwas über mich selbst zu sagen. Schon Herder, Gleim, Schiller und Weiße und mehrere noch Lebende haben mich aufgemuntert, nach meiner Weise die Umstände meines Lebens, das sie wohl für wichtiger hielten, als es war, schriftlich niederzulegen. Ich glaubte, das wäre im achtzigsten Jahre noch frühe genug; aber meine jetzigen Gesundheitsumstände erinnern mich, es nicht zu verschieben, wenn es geschehen soll. Mehrere meiner Freunde drohen mir, wahrscheinlich genug, daß ich auf alle Fälle einem Biographen doch nicht entgehen würde; und da fürchte ich denn, einem Sudler oder Hyperkritiker oder gar einem schalen, geschmacklosen Lobpreiser in die Hände zu fallen. Niemand kann doch besser wissen, was an und in ihm ist, als der Mann selbst, wenn er nur redliche Unbefangenheit und Kraft genug hat, sich zu zeigen, wie er ist. Ich überlasse es jedem, der etwas von mir weiß, zu urteilen, ob das, was er von mir weiß, das Gepräge dieser Unbefangenheit und dieser Kraft trägt. Ich erzähle also ehrlich und offen, ohne mich zu schonen, und nicht selten mit dem Selbstgefühl inneren Werts und ohne den Vorwurf der Anmaßlichkeit oder die Krittler weiter zu fürchten, die vielleicht sodann über mich nur Totengericht halten. Torheiten werde ich wohl nicht wenige und nicht geringe zu beichten haben; aber, soviel ich mir bewußt bin, keine Schlechtheit. Wenn die Erzählung unterhält und vielleicht hier und da die Jugend belehrt und in guten Grundsätzen befestigt, so habe ich nicht umsonst gelebt und geschrieben.

Mein Vater Andreas war ein ehrlicher, ziemlich wohlhabender Landmann, der wie ich die Krankheit hatte, keine Ungerechtigkeit sehen zu können, ohne sich mit Unwillen und nicht selten mit Bitterkeit darüber zu äußern. Seine Bekannten nannten ihn also einen hitzigen Kopf und einige Edelleute einen unruhigen Kopf, den man unterdrücken müsse; das war natürlich und mußte auch gelingen. Nur ein einziges Beispiel seiner Heftigkeit! Ich habe keines von meinen Großeltern gekannt, wohl aber einen Großgroßvater von seiten des Vaters, einen Mann von mehr als neunzig Jahren, den man nur den alten Jobst nannte und der mir, als kleinem Urenkel, fast eine Stunde Wegs immer einen Kober voll Frühkirschen brachte. Dieser war etwas im Geruch der Ketzerei, weil er nicht das ganze Bonzenwesen des Pfarrers mit gehöriger Gefangennehmung seiner Vernunft gläubig aufnahm, besonders einige Zweifel über die Richtigkeit einiger Dezemforderungen hegte. Der alte Jobst stand bei der Gemeine für den Riß in Kollisionsfällen. Als er starb, überließ die Familie mit Bescheidenheit dem Pfarrer die Anordnung des Leichenbegängnisses, ohne Text und Lieder selbst zu wählen. Der Pfarrer ließ lauter Straflieder singen, unter welchen auch das bekannte „O Ewigkeit, du Donnerwort" war, und hielt zur Erbauung und Abschreckung eine wahre Galgenpredigt. Mein Vater unter den Leidtragenden nahm in der ersten Wirkung des Sermons einem alten Verwandten das spanische Rohr weg, eilte damit vor die Sakristei und hätte gewiß dem Strafredner eine sehr fühlbare Replik beigebracht, wenn man ihm nicht in die Arme gefallen wäre. „Herr", sagte er mit starker Stimme, „wenn nur Sie und Ihre Familie so ehrliche, gute Leute sind wie der Verstorbene und seine Familie, so können Sie zufrieden sein. Er konnte und wollte Ihre weiten, unersättlichen Ärmel nicht füllen; das war seine ganze Gottlosigkeit." Es entstand daraus ein Konsistorialprozeß, der meinem Vater viel Geld kostete. Der Verweis, den der Pfarrer erhielt, war leicht eingesteckt; aber das Geld, was es meinen Vater kostete, war nicht so leicht ausgezahlt. Der handfeste Köhlerglaube scheint also die Sache meiner Familie väterlicher Seite nicht gewesen zu sein; weswegen der ehrwürdige Herr zu Frankfurt am Main unseres Namens, der einen gelehrten tractatum de SS trinitate zu Anfange des vorigen Jahrhunderts geschrieben hat, wohl schwerlich zu uns gehört. Daß meine Mutter mich gern als einen Mann Gottes auf der Kanzel gesehen hätte, ist eine gewöhnliche Schwachheit des Geschlechts: sie kam aber bald davon zurück, als sie meine entschiedene Abneigung und verschiedene schlechte Geistliche in der Nachbarschaft sah. Ich habe oft gehört, daß meine Mutter, Regine Liebich, in ihrer Jugend für ein schönes Mädchen gehalten worden ist. Mein Geburtsort ist Posern, ein Dörfchen eine Viertelstunde von Rippach, wo die Poststation war, wo die Vorfahren meiner Mutter seit dem Dreißigjährigen Kriege ein Grundstück mit Brauerei, Brennerei und Schenkrecht besaßen, das sie, laut Dokumenten, als Appertinenz vom Rittergut damals mit neunzig Talern an sich gekauft hatten und für das man 1803 zwölfhundert bot. Mein Geburtstag fiel, laut der alten Familienbibel, die durch eingebundenes weißes Papier zugleich die Familienchronik war, auf den 29. Januar 1763, in einer entsetzlich kalten Periode, woraus die Gevattern und Basen nach ihrer Weise allerlei prophezeiten. Ohne eben mit Sterne weitläufig gelehrt über den Einfluß äußerer Umstände bei dem ersten Eintritt in die Existenz zu spintisieren, habe ich doch oft gedacht, daß ich, nach der gewöhnlichen Rechnung ein Produkt der Walpurgisnacht und als Erzeugnis zweier schöner, sehr lebendiger Menschenwesen, weit freundlicherer Natur und weit merkurialischer sein sollte. Vielleicht hat folgender Umstand Einfluß. Da meine Mutter durch eine gewöhnliche Vernachlässigung nach meiner Geburt an der Brust litt und eine Amme damals in der Gegend etwas Ungewöhnliches war, wurde ich mit Kuhmilch aufgezogen. Ich kam mit dem Hubertsburger Frieden an; man nannte mich also Gottfried, und Johann wurde vorgesetzt, weil es ein alter Vetter, auf den man in der Familie etwas hielt, durchaus haben wollte. Meine Erinnerung geht nicht so weit zurück, daß ich mich besinnen könnte, wie ich lesen und schreiben gelernt habe. Der alte Schulmeister Held, dessen Tochter meine Pate war und der mich daher mit viel Vorliebe und Strenge echt altpädagogisch behandelte, brachte mir diese Fertigkeiten bei, so früh, daß sich die Zeit aus dem Gedächtnisse gewischt hat. Ich genoß manches kleine Privilegium zur Zeit der Erdbeeren und Johannisbeeren und Pflaumen und wenn der Honig geschnitten wurde; aber übrigens wurde mir der Bakel sehr reichlich zuteil: nicht wegen der Lektion; denn diese ging immer leidlich genug, sondern wegen mancher Unordnungen, die ich nach meinem damaligen Bedünken für gar kluge Streiche hielt. Meine früheste deutliche Erinnerung ist folgende: Ich hatte einen Vetter von gleichen Jahren, mit dem ich mich oft wacker raufte, weil wir die besten Freunde waren. Er ist nachher, wie ich höre, als Dragoner gestorben. Die Schule lag auf einer kleinen Anhöhe und vor derselben unten war ein grüner Rasenplatz, über den der Abfluß einer herrlichen Quelle, die Heilige, nach dem dortigen Dialekt die Heleke genannt, sich schlängelte. Ein herrlicher Platz zum Balgen und Raufen, wenn er nur nicht unter dem Fenster des Schulmeisters gewesen wäre! Wir zwei jungen Streithähne hatten schon in der Schule Zwist gehabt, den der Bakel beschwichtigt, aber nicht geschlichtet hatte. Nun waren wir nicht länger zu halten; die Erörterung fuhr in die Finger, die Bücher wurden weggeschleudert, und das Knuffen und Beinstellen und Raufen ging an. Die Größeren schlossen teilnehmend einen Kreis und lachten, wie rüstig die kleinen Kämpfer sich tummelten. Der Herr Pate Schulmeister rief und drohte mit dem Haselstock aus dem Fenster zum Berge herab. Niemand sah und hörte; das Boxen ging fort, und bald lag Jakob oben, bald Gottfried, und die kleinen Finger waren voll Gras und Haare. Plötzlich trennte sich der Kreis, und der alte Herr Pate Held bearbeitete jugendlich rasch mit dem Haselinstrument unsere Beinkleider und Schulterblätter. Das versöhnte schnell wie der Blitz die Streitenden; wir sprangen auf, rafften die Bücher zusammen; der Kreis zog fort, und wir gegeißelt hinterher. Der Kreis lachte, die Pferdebändiger vor der Schmiede und Schenke lachten laut, wir stimmten ein; und lächelnd zog der alte Schulmonarch, den Friedensstifter des Haselbusches drohend noch in der Hand schwingend, nach seinem Berge zurück. Die Sache machte Lärm im Dorfe, und alles, vom Schulzen bis zum Nachtwächter, lachte noch laut nach; nur mein Vater tat es verstohlen, um den Buben nicht in seinen Streichen zu bestärken. Noch einige Jahre früher, und früher als meine Erinnerung reicht, hätte ein Zufall fast meiner Existenz ein Ende gemacht. Hinter dem

Garten meines Vaters floß der kleine Bach Rippach, der ungefähr eine Stunde von Posern in die Saale fällt. Der Garten war mein Lieblingstummelplatz; nur fürchtete man für den kleinen Buben das Wasser. Es wurden eben alte Bäume ausgerottet und junge gesetzt; ich wurde also dem alten Jakob, der mit einigen andern arbeitete, zur Aufsicht übergeben, damit ich mich nicht dem Bache nähern sollte. Das hielt man gewissenhaft, beachtete aber nicht so sehr die Nähe. Ich springe und jage dort herum, und plötzlich fällt der alte Apfelbaum, an dem man arbeitete, faßt mich und schlägt mich zu Boden. Die erschrockenen Alten wenden und kehren mich nach allen Seiten; ich bin augenscheinlich tot; Jakob nimmt mich auf den Arm und trägt die vermeintliche Leiche hinein in den Hof, wo mein Vater eben mit der Mutter an der Wäsche über Hausangelegenheiten sprach. Man stelle sich die Botschaft vor; meine Eltern liebten uns ohne lächerliche Schwachheit mit wahrem, tiefem Gefühl. „Herr, hier bringe ich den Jungen", sagte der Alte, indem er mich auf den Wäschtisch legte, „er ist tot. Gott im Himmel weiß, ich bin unschuldig; ich wollte, der Stamm hätte mich getroffen." Unter lautem Wehklagen suchte und schickte man nach Hilfe. Der Barbier wandte alle seine Weisheit an, der Arzt kam; alle Mittel waren umsonst; kein Zeichen des Lebens erschien. Zwölf Stunden und darüber war man so traurig vergeblich beschäftigt und eben im Begriff zu enden und an die Beerdigungsanstalten zu denken, als ich das linke, sehr verletzte Auge aufschlug. Man fing die Versuche wieder an und brachte mich ins Leben zurück. Es hatte mich nicht der Stamm, sondern nur einige starke Äste mit den Zweigen getroffen und die tiefe Betäubung bewirkt. Damals mochte ich ungefähr drei Jahre alt sein. Von den Quetschungen blieb wenig zu sehen, außer dem Flecken im erwähnten linken Auge, den man im zwanzigsten Jahre noch wahrnehmen konnte. Ein etwas späterer Vorfall hätte mich auch bald in jene Welt getragen. Mein Vater war damals schon in einer Pachtung als Gastwirt bei Leipzig. Das größte Vergnügen für mich war, die Pferde in die Schwemme und auf die Weide zu reiten, wozu ich jedoch nur selten die Erlaubnis bekam. Reiten hieß bei mir jagen, daß die Mähnen flogen und die Haare sausten. So ritt ich einmal gegen die Ordonnanz mit in die Schwemme. Das Tier liebte den Strom ebensosehr als ich das Reiten, scharrte, stampfte und brauste; meine Hand war zu schwach, es zu halten: es legte und wälzte sich mit gewaltigem Wohlbehagen. Ich kam unter das Pferd, verlor die Besinnung, und der Strom führte mich weit, weit mit sich fort. Indessen hier erholte ich mich, als ich herausgezogen wurde, nach einigen Minuten Versuchen sogleich wieder, und lange Zeit blieb dem jungen Kentauren die Reiterei untersagt. Endlich kam mein Vater einmal von der Messe und hatte Pferde gekauft. „Junge, ich habe auch eins für dich mitgebracht", sagte er, indem er sich zu mir wendete, und es wurde ein kleiner, dürrer Rotschimmel vorgeführt, der nur vierthalb Füße hatte. Die Bestie hinkte und wieherte komisch, und alle lachten über meinen Vater, mich und den Schimmel. „Wir haben wohl recht viel Geld wegzuwerfen", sagte meine Mutter halb ärgerlich, „daß du noch dergleichen Fresser ins Haus bringst." – „Frau, verdirb mir den Spaß nicht!" sagte er launig selbstzufrieden. „Ich habe es zur Zugabe, habe wahrscheinlich dem armen Tiere das Leben gerettet; denn der Roßtäuscher sprach vom Schinder und Totstechen. Wir haben heuer viel Heu, die Weide ist hoch; es kann doch wohl noch etwas tun, und da der Junge mit des Teufels Gewalt zu Pferde will, so mag er reiten." Ich kratzte mich mürrisch hinter den Ohren und bekümmerte mich wenig darum, was man mit meinem stattlichen Reitpferde machte. Aber der Schimmel machte sich gut und gewann durch seine Streiche Zelebrität in der ganzen Gegend. Zuerst wurden wir aufmerksam, als wir ihn galoppieren sahen, womit er jedermann in Erstaunen setzte. Er hatte, wie gesagt, drei gesunde Hufe; der vierte war eine Art von krummem Klumpfuß, so daß vorn statt des Eisens nur eine Platte von der Größe eines Guldens lag. Der Schritt ging also jämmerlich und der Trott jämmerlicher; aber Galopp und Karriere wie bei dem besten Renner; da brauchte der kranke Fuß kaum den Boden zu berühren und wurde von den übrigen mit durchgetragen, welches im Schritt und Trott nicht möglich war, weil da jeder Fuß gleichmäßig seine Dienste tun mußte. Da ich mich um Schritt und Trott wenig kümmerte, war mir der Schimmel schon recht, und ich gewann nicht selten die Wette über die flüchtigsten Rosinanten. Er ward rund wie ein Apfel und war klug wie die Rosse des Peliden. Von seinem Stammbaum habe ich nichts erfahren; aber es war ein satirischer, origineller Gaul, der eine Menge Eigentümlichkeiten besaß. Zu Wagen und Pfluge konnte er nicht gehen; aber eine leichte Egge auf leichtem Boden zog er possierlich genug. Er schwamm vorzüglich gern durch die Flüsse und dezimierte den Klee auf fremden Wiesen, und dann waren Dutzende von handfesten, flinken Kerlen nicht imstande, ihn zu fangen oder einzutreiben. Er setzte echt strategisch auf dem besten Punkte allemal durch und erreichte seine eigene Krippe. Nach dem Tode meines Vaters verkaufte ihn meine Mutter in die Nachbarschaft für elf Taler, wo er hart mitgenommen wurde. Einige Zeit nachher sah ich ihn fast wieder in seinem ursprünglichen Elend, wie ihn mein Vater nach Hause brachte, auf einer fremden mageren Weide, einen Sack um den Kopf, damit das arme Tier nicht von seinen Wanderungstalenten Gebrauch machen könnte. Als er meine Stimme hörte, kam er auf mich zu, und ich glaubte in seinem Wiehern Liebkosen und Wehmut zu finden. Auch meine Mutter war bei meiner Erzählung, welche von andern bestätigt wurde, so gerührt, daß sie fast die Schwachheit gehabt hätte, die heimische Kreatur wieder ins Haus zu nehmen.

Mein Vater war zwar ein heftiger, moralisch-strenger, aber kein harter Mann. Im Gegenteil, seine Heftigkeit kam meistens aus schneller, tiefer moralischer Empfindung her. Das Zuchtmeisteramt im Hause überließ er fast immer meiner Mutter; und diese hatte bei ernsthaften Gelegenheiten mit einigen Worten nur nötig, den Namen des Vaters zu nennen, um alles in gutem Gleise zu erhalten. Der Vater wurde dadurch nicht als Popanz gebraucht, sondern sein strenger Ernst in ernsthaften Dingen zum gehörigen Zwecke ins gehörige Licht gestellt. Meine Geschwister haben vielleicht nie von meinem Vater einen Schlag bekommen: nur ich erinnere mich, daß ich von ihm einmal tätlich gezüchtigt worden bin auf eine schreckliche Weise, die ihn gewiß noch mehr angriff als mich; und zwar waren beide, er und ich, im ganzen unschuldig. Er war mit meiner Mutter weg, ich glaube nach Weißenfels, gefahren und hatte uns mit einer Magd und unsern Spielgesellen allein im Hause gelassen. Unterwegs besinnt er sich, daß er den Schlüssel an einer Oberstube hat stecken lassen, auf welcher ein Tisch mit gezähltem Gelde stand, meistens in groben, harten Münzsorten. Es war zu spät umzukehren; er eilte aber desto eher nach Hause. Unterdessen waren wir in dem ganzen Hause herumgepoltert, ich mit einem halben Dutzend meiner Spießgesellen, und auch in das Zimmer, wo der Tisch mit dem Gelde stand. So viel Besinnung hatte ich doch schon als ein Bube von sechs Jahren, daß ich sagte, es sei hier für uns kein Spielplatz, auf Entfernung drang, den Schlüssel abzog und in die Tasche steckte. Ich glaubte, der erste und letzte im Zimmer gewesen zu sein und hatte niemand in der Nähe des Tisches gesehen. Mein Vater kam, ging hinauf, fand den Schlüssel nicht, kam herab: „Junge, wo ist der Schlüssel zur Oberstube?“ Ich zog ihn hervor; er ging wieder hinauf und zählte nach: es fehlte an der Ecke ein Guldenstück. Mit sichtbarer Verwirrung und Angst kam er wieder herunter: „Junge, wer ist im Zimmer gewesen?“ „Wir alle, Vater, Jakob, Christian und die andern; da ich aber sah, daß Geld aufgezählt war, gingen wir sogleich wieder hinaus, und ich nahm den Schlüssel.“ „Wer ist an den Tisch gekommen?“ „Niemand als ich, um die andern abzuhalten.“ „Du hast ihn also genommen!“ fing er an schwach zu sprechen und zu zittern. „Ich habe nichts genommen“, antwortete ich zitternd, halb weinend. Der Worte waren wenig; er ward heftiger, ich leugnete fest und laut weinend. Er faßte mich konvulsivisch mit den Fäusten und mißhandelte mich bis zur Grausamkeit, daß auf das Geschrei meiner Mutter die Hausleute und Nachbarn herbeistürzten und mich aus seinen Händen retteten. „Andres, lieber Andres!“ sagte der alte sanfte Gevatter Schulmeister Held, „Ihr seid ja außer Euch; Ihr tötet ja den Knaben; kommt doch zu Euch selbst!“ – „Ach Gott!“ seufzte mein Vater halb weinend, warf sich in den großen Stuhl und verhüllte das Gesicht, ohne weiter ein Wort zu sagen. Die Szene ist oft nachher wiedererzählt worden und mir deswegen so lebendig geblieben. Das Fürchterliche seiner Lage in diesem Momente habe ich aus meinem eigenen Gefühl seitdem mir oft vorgestellt. Er liebte seine Kinder mit der ganzen Zärtlichkeit eines Vaters und der ganzen Heftigkeit seiner Natur; ich war sein Erstgeborner: die Nachbarschaft hielt etwas auf mich, vom Schulmeister bis zum Nachtwächter; man wird ihm also verzeihen, daß er es auch tat. Nun denke man sich einen Vater, einen ehrlichen, feinfühlenden, heftigen Mann, der seinen Liebling in einer solchen Enormität ergriffen glaubt, vor dem die schönen Hoffnungen, an denen sein besseres Wesen hängt, auf einmal verschwinden. Man nahm mich nun gütlich vor und ermahnte mich, ich sollte nur bekennen; ich hatte nichts zu bekennen. Es ist mir noch jetzt rührend, wie urväterlich der alte Schulmeister um uns besorgt war. „Lieber Pate“, sagte er, „du hast dich geirrt, du willst nur mit dem Gulden spielen. Sage es nur, so ist es gut; du wirst schon einsehen lernen, was das zu bedeuten hat.“ „Das sehe ich schon jetzt ein“, sprach ich, „und habe nichts getan.“ Dabei blieb es. Mein Vater war von dem Tage an still in sich gekehrt, berührte die Sache nicht mehr, sah mich zuweilen halb zornig, halb wehmütig an und verbat sich alles Einreden; sprach nichts Ermahnendes, nichts Abschreckendes, sagte keines seiner Sprichwörter und war wie ein Wesen, dessen beste Kraft gelähmt ist, so daß auch meine Mutter sichtbar dabei litt: die Unruhe saß in beider Seelen. Ungefähr nach drei Wochen klärte sich's auf. Nachbars Samuelchen – ich habe seitdem den Namen weder in der Bibel noch außer der Bibel recht leiden können – wurde von seinem Vater zum Krämer geschickt, um eine Dose voll Schnupftabak zu holen. Er erhielt einen Gulden, um ihn wechseln zu lassen. Der Krämer hatte von ungefähr nicht so viel kleines Geld und sagte, er wolle anschreiben, er möchte den Gulden nur wieder mitnehmen und es dem Vater sagen. Sei es nun unwillkürlicher Irrtum oder lachte der neue Gulden den Buben besser an als der vergriffene gestohlene; er gab den falschen Gulden zurück. „Halunke“, fuhr ihn der Vater an, „das ist gewiß der Gulden, der dort drüben so viel Unheil angerichtet hat.“ Samuelchen bekannte und leugnete nicht und erhielt in bester Ordnung von seinem etwas härteren Vater die Peitsche in zehnfachem Maße. Meinem Vater fiel bei der Aufklärung der Sache ein schwerer Stein vom Herzen. Wer lügt, der stiehlt, war sein Sprichwort, und wer stiehlt, gehört an den Galgen. Er ward zusehends wieder heiter und suchte durch mancherlei versteckte Liebkosungen wieder Ersatz zu geben; denn öffentlich durfte das Ansehen nicht leiden.

Viele Neckereien bewogen meinen Vater, seine

Grundstücke dort zu verkaufen und eine Pachtung eines Wirtshauses mit beträchtlicher Ökonomie in Knautkleeberg, nicht weit von Leipzig, einzugehen. Da spielte ihm denn das heiße Blut hier und dort schlimme Streiche, bloß sein Widerwille entschied. Der Justitiarius von Posern hatte bei einer Rügensache, wo sich mein Vater fast wie Weißens Kunze mit dem Tintenfasse benommen hatte, gedroht, er müsse kein Advokat und sein Prinzipal kein Edelmann sein, wenn nicht die Sache so weit gedeihen sollte, daß der Andreas Seume noch ins Hundeloch käme für seine Ungebührlichkeiten. Ungebührlichkeiten nennt man aber alles, was irgendeinen alten Unfug antastet; und schon das feine Wort für Gefängnis zeigt hinlänglich die Natur der damaligen Patrimonialjustiz. „Ich will doch dem Teufel und seiner Hölle entlaufen“, sagte mein Vater, „und sollte ich in einer Kneipe Schuhzwecken schnitzen und Schwefelhölzchen machen mein Leben lang“, und so packte er seine Familie auf einige Wagen und pilgerte fürbaß an die Elster in der Gegend von Leipzig. Er hatte in seiner Jugend das Böttcherhandwerk gelernt, war auch mit dem Felleisen über Naumburg nach Gera und Saalfeld gewandert; da ergriff ihn aber, wie man ihm scherzhaft vorwarf, die Sehnsucht nach der Geliebten, und er eilte über Altenburg und Lucka nach Hause an der Rippach, ward Meister in der Innung und heiratete mit seinem zweiundzwanzigsten Jahre stracks ohne weiteres Bedenken. Hätte er nicht etwas Vermögen gehabt und wäre genötigt gewesen, sich in der Fremde etwas umzusehen, so hätten vielleicht einige Jahre Umschauen den Feuerkopf etwas kühler gemacht; doch vielleicht hätte sich das Gefühl auch noch tiefer gesetzt und wäre nur desto bitterer geworden, wie es bei etwas mehr Bildung mir selbst gegangen ist. Der Antritt der Pachtung fiel in eine sehr unglückliche Periode, in die Hungerjahre 70 und 71. Der Besitzer des Gutes Lauer, zu dem das Dorf Knautkleeberg gehört, war der damalige Leipziger Stadtrichter, Dr. Teller, ein Bruder der bekannten Teller in Zeitz und Berlin, ein harter, unerbittlicher Mann, der von dem Buchstaben nichts nachließ und alles Unglück sehr klug dem Pächter zugestellt hatte. Vielleicht machte ihn auch das Mißliche seiner eigenen Geschäfte und auch sein exzentrischer Ideengang noch mißmutiger und bitterer. Man sagte damals, er sei an der Ministerkrankheit gestorben, weil ihn die Hoffnung täuschte, die Stelle als Prinzenhofmeister zu erhalten, durch welche der wakkere, rechtschaffene Gutschmidt für sich und das Land eine so rühmliche Laufbahn machte. Die Eigenheiten der Brüder sind bekannt genug: der Berliner, als der vorzüglichste von ihnen, hatte am wenigsten. Mein Vater, anstatt hundert Scheffel Korn in der neuen Pachtung jährlich zu verkaufen, mußte zur Unterhaltung der weitläufigen Wirtschaft über fünfzig dazu kaufen, und ich kann mich noch recht wohl erinnern, daß er den letzten Scheffel mit fünfzehn Talern bezahlte. Die Hungersnot der damaligen zwei Jahre ist in Sachsen als Landeselend bekannt. Hunger haben wir nicht gelitten, aber meines Vaters Vermögen zusammen so ziemlich verzehrt. „Solange ich noch eine Metze Korn mit dem letzten Taler kaufen kann", sagte der wackere Mann, „muß niemand in meinem Hause ungesättigt vom Tische aufstehen." Es war, als ob die furchtbare Teuerung doppelten Hunger erzeugt hätte; denn jedermann aß, wie man bemerken wollte, fast noch einmal so viel als gewöhnlich. Ich galt damals im Dorfe für einen sehr glücklichen Prinzen, daß ich, so viel ich wollte, herrliches Butterbrot hatte, da mancher arme Teufel hungrig halbneidisch vorüberschlich. Da gab ich denn manchen Schnitt weg und tauschte irgendein Spielwerk oder einen Vogel dafür ein. „Junge, wirst du ewig nicht satt?" sagte einmal meine Mutter halb froh, halb traurig, als sie mir ein frisches Butterbrot schneiden mußte; „es ist doch, als ob der Himmel seinen Segen genommen hätte auch von dem, was noch da ist.“ Da es sich aber ergab, daß ich meine vorige ziemlich starke Portion für einen Hänfling weggegeben hatte, fing sie an, eine strenge Zuchtmeistermiene anzunehmen, und ich glaube wirklich, sie würde zu Birkengottfriedchen gegriffen haben, wäre nicht mein Vater dazugekommen. Der meinte nun, es sei wohl ganz gut, daß ich mein Butterbrot verteile, nur nicht, daß ich Hänflinge, Peitschen und Platzbüchsen dafür nähme und dann komme und mir ein anderes erlüge: er könne übrigens jetzt nicht alle Hungrigen speisen und sei froh, wenn er nur seinen Haushalt leidlich gesättigt habe. „Wenn du nun selbst traurig, hungrig nach dem Butterbrot der andern sehen müßtest? Junge, wer zu dir kommt, den weise an mich oder die Mutter! Hunger tut weh, Junge, sagt man: das haben wir noch nicht erfahren; weiß der Himmel, ob es nicht noch kommt! hörst du, Junge, Hunger tut weh.“ Dabei wischte er sich heimlich einige Tropfen aus den Augenwinkeln und ging und schnitt tief in ein großes Brot, um einige Zeit Sonnenschein auf finstere, niedergeschlagene Gesichter zu bringen. „Helfe euch Gott!“ sagte er mit Rührung; „bald können wir nicht mehr helfen.“

Bei meinem Herrn Paten, dem Schulmeister Held in Posern, hatte ich für einen Phönix im Lernen gegolten; hier bei dem Herrn Weyhrauch in Knauthain galt ich für einen ausgemachten Dummkopf. Weiß der Himmel, woher es kam: ob mir das Umsetzen wie einem jungen Baume nicht bekommen wollte, oder was sonst die Ursache war, ich hieß nur der dumme Junge von Thüringen einige Jahre lang. Herr Weyhrauch nahm es mit der Geographie nicht sehr genau; denn Posern liegt noch zwei Stunden diesseit der Saale: ich aber habe mich seit der Zeit oft allen Ernstes für einen Thüringer gehalten, zumal da ich jenseit des Stroms verschiedene Verwandte hatte und hier nie so recht einmeißnern konnte. Ich schrieb von Posern aus in meinem sechsten Jahre schon eine ziemlich leserliche Hand; aber Herr Weyhrauch fand darin weder ductum noch fructum, und ich mußte durchaus ganz von neuem seine Hopfenstangen von Buchstaben nachmalen, worin ich sehr unglücklich war, da ich zum Zeichnen fast gar kein Talent besitze. Herr Adam Weyhrauch war ein ehrlicher, wohlmeinender, braver Mann, der eine gewaltige Zeit in Halle und Leipzig hatte studieren helfen, weil ihn sein Vater Weyhrauch, ludimagister ejusdem loci, quo postea filius, mit aller Gewalt wenigstens zum Kirchenrat machen wollte. Der Tod überraschte ihn aber im sechsten Universitätsjahre des Herrn Sohnes, und er hatte noch eben Kredit beim Patron genug, da er der höheren Klerisei nicht recht trauen wollte, sich denselben zum Nachfolger auszumitteln. Der Musensohn versorgte sich stracks in Leipzig mit einem hübschen Bürgermädchen zu Tisch und Bette und fing nun an, mit allem Fleiß am Weinberge Zions zu arbeiten. Schade, daß er keine Kinder hatte, um das Geschlecht der Weyhrauche in der Schulmeisterei zu Knauthain rühmlichst fortzupflanzen. Die Bauern meinten, sein Mangel an Produktivität dieser Art rühre von seinem großen Fleiße in Leipzig und Halle her; doch sagten sie dieses nur ganz leise, damit sein Ansehen bei der lieben Jugend nicht in Zweifel geriet. Er hatte seine liebe Not mit mir, und ich mit ihm. Ich glaubte zwar seine Aburteilung über meine Dummheit nicht ganz, war aber doch ganz verblüfft, daß ich dem Manne durchaus gar nichts zu Danke machen konnte. Lange Zeit war ich so im vermeintlichen moralischen Hinbrüten, bis sich endlich, ich weiß nicht wodurch, der Knoten löste und täglich irgend etwas Besseres zum Vorschein kam. Niemand war darüber froher als mein Vater, der schon einigemal traurig das Verdammungsurteil über meinen Geist gehört hatte. Wer zuerst etwas Ätherisches in mir entdeckte, war der Pfarrer, Magister

Schmidt, ein rechtlicher, jovialer, ziemlich gebildeter und ziemlich orthodoxer Mann, in dessen Charakter aber der Grundzug freundliches Wohlwollen und Güte des Herzens war. Er schloß aus meinen oft sonderbaren Antworten in den öffentlichen Kirchenprüfungen auf meinen eigenen, zuweilen sehr barocken Ideengang, unterhielt sich viel mit mir und berichtigte meine Gedanken. Er besaß darin so viel Geschicklichkeit, als ob er in dem sokratischen geistigen Hebammeninstitut zur Lehre gegangen wäre. Nun sprach er mit dem Schulmeister, Herrn Weyhrauch, über die Methode des Unterrichts bei einem solchen Kopfe; die Einwendungen des Schulmeisters wurden gehoben; der Pfarrer zeigte ihm, daß ich kein Mechaniker und kein Schönschreiber werden und mich schwerlich mit Nachbeten begnügen würde. Man beschränkte sich nun auf die Negative und überließ die Positive mir selbst. Von nun an nahm man wenig Notiz mehr von meinen krummen und schiefen Linien auf dem Papier und meinen Stelzfüßen von Buchstaben, sondern nur von meinen Ideen, womit ich den Schulmeister und auch wohl zuweilen den Pfarrer in einige Verlegenheit setzte. In kurzer Zeit übersprang ich alle Matadorjungen des Dorfs in der Schule und war bald der Erste und Statthalter des Herrn Weyhrauch bei dessen Abwesenheit als Bienenvater und Spargelgärtner. Die Umstände und die Gesundheit meines Vaters waren unterdessen sehr gesunken, so daß man meine bessere Anstelligkeit nicht den Gratialen und der Gunst von Hause aus zuschreiben konnte. Ich mochte ungefähr zehn Jahre alt sein, als ich schon an der Spitze der Dorfschuljugend stand, unter denen doch wohl einige ihr vierzehntes geschlossen hatten. Mein Regiment galt für sehr strenge, aber nie für ungerecht; und ich war damals der Dorfklerisei erster Minister bei der Einführung der neuen Schulordnung, die zu derselben Zeit etwas strenge gehandhabt wurde. Ich erinnere mich aus dieser Periode bei ebendieser Gelegenheit eines Vorfalls, wie ich ein Märtyrer meiner Überzeugung ward. Es war befohlen, die Kinder sollten ordentlich nach Rang und Alter in der Schule paarweise nach Hause gehen, um das wilde Herumschwärmen zu verhüten. Ich gehörte zu dem Nebendorfe Knautkleeberg und hatte die Aufsicht über meine Kolonne. Die meiste Not machte mir ein fast fünfzehnjähriges großgewachsenes Mädchen, das sich in der Schule durch Langsamkeit im Lernen und außer derselben durch vorschnelle, laute Unbändigkeit auszeichnete. Beständig war sie bald rechts, bald links aus der Reihe, bald im Grase, bald im Schotenfelde, und schien des kleinen, ohnmächtigen Wichtes von Führer nur zu spotten. Es dem Herrn Weyhrauch zu klagen, schien mir unter meiner Würde, zumal da er ihrer Eltern wegen viele Nachsicht gegen sie zu zeigen schien; denn sie war die Tochter des Müllers. Als ich ihr eines Tages einige Male ohne Erfolg Ordnung geboten hatte, ergriff mich mächtig schnell der Amtseifer, daß ich hinsprang, um sie aus einem Haferfelde in Reihe und Glied zu bringen. Sie lachte und verließ sich auf ihre Gewalt; aber der Himmel weiß, wo in dem Augenblick meine Stärke herkam: ich fasse das Weibsstück beim Kragen, um sie in die Ordnung zu ziehen, schleudere sie aber aus dem Haferfelde unglücklicherweise den Berg hinab in die Sandgrube, wo sie denn gar unsanfte Purzelbäume schoß und sich wenigstens Hände und Gesicht empfindlich an den Steinen zerstieß, so daß reichliches Blut quoll. Nun ging alles schüchtern nach Hause. Den Nachmittag war die liebe Mama schon klagbar eingekommen; Herr Weyhrauch mit dem Haselzepter zitierte den jungen Primus vor zum Verhör und Standrecht. Ich erzählte die Sache und bestand auf meinem Recht; nur bedauerte ich den Sturz in die Sandgrube, der nicht in meiner Absicht gelegen hatte. Der Schulmeister wollte seinem Vikar doch so viel ausübende Justizgewalt nicht zugestanden wissen und meinte, Weisung und Meldung sei mein Amt. Ich behauptete im Gegenteil, daß ich damit nicht auskommen könnte. Herr Weyhrauch glühte auf, und ich war eben nicht sehr nachgiebig; er brachte mir im Amtseifer gehörigen Orts einen tüchtigen Schilling bei. Diese Schillingsmethode war bei ihm folgende: der pädagogische Vollstrecker faßte Delinquenten mit der linken Hand beim Haarschopf und brachte den Kopf zwischen die Schenkel des Orbilius, wo er ihn an Nacken und Ohren festklemmte und mit ebendieser linken Hand schnell den Hosengurt des kleinen Sünders ergriff, woraus eine Art von Schweben entstand; sodann bearbeitete er mit der rechten, in welcher der Haselstock war, das Örtchen, auf welchem man sonst ruhig sitzen soll, quantum satis, und wohl auch ein wenig mehr. Dieser Prozeß wurde auch an mir vollzogen, und ich hatte meine Abfertigung. Beim Abmarsch nach meinem Sitze verwahrte ich mich noch mit dem Protest, ich habe doch recht getan. „Hast du?" rief Herr Weyhrauch und fing mit neuem Eifer die Exekution von vorn an. Nun schritt ich rasch an meine Tafel, hielt die Hand, wo die Kallipyge die Augen hindreht, und stieß trotzig durch die Zähne: „Ich habe doch recht getan." Die Nachbarn lachten, und der Schulmonarch fragte despotisch, was da wäre. „Er habe doch recht getan, meint er", sagten sie; und die Zitation begann peremtorisch von frischem. Ohne weitere Erörterung fing die Bearbeitung noch exemplarischer zum dritten Male an, und nun erst überlegten beide Parteien, Exekutor und Inkulpat, ernsthaft still, ob sie recht getan hätten. Man kann wohl denken, daß die drei Schillinge mir eine ewig frische, denkwürdige Münze sind, da sie zumal in einer Lebensperiode ausgezahlt wurden, wo jede Art Gefühl sehr lebhaft in dem treuen Gedächtnisse bleibt. Mein Vater, der den Vorfall hörte, sagte weiter nichts als sein bedenkliches Hm, und ich habe nie seine Meinung über den streitigen Punkt erfahren. Daß man, wenn man Recht habe, dennoch demütig vor dem Ansehen schweigen müsse, gehörte, wie ich wußte, nicht unter seine Glaubensartikel; aber noch weniger gehörte es darunter, das nötige Ansehen des Lehrers wegen einiger Schwielen zu kompromittieren. Herr Weyhrauch mochte das Harte seiner Züchtigung meiner kleinen Hartnäckigkeit fühlen; denn er suchte es durch allerhand freundliche Aufträge, wofür mir gewöhnlich eine Belohnung von herrlichem Brot mit dem besten Honig ward, wieder in das alte Gleis zu setzen.

Um diese Periode, ich glaube, es war 1775 im Sommer, starb mein Vater. Die Geschichte seiner Krankheit und seines Todes ist mir zu wichtig, als daß ich nicht Einiges darüber sagen sollte. Seine Pachtung war, wie erwähnt, sehr unglücklich, und der größte Teil seines Vermögens war darauf gegangen. Das lähmte aber nicht sein Kraftgefühl und störte seinen guten Mut nicht. Einst hatte er seine letzten hundert Taler nach Leipzig getragen zu Dr. Teller, um den letzten Termin zu entrichten. Das Wetter war schneidend kalt; das Geschäft mochte nicht angenehm gewesen sein. Gegen die Kälte und den Verdruß hatte er, wider seine Gewohnheit, ein Glas Wein getrunken und hatte sich so aufs Pferd gesetzt, kam aber bis zur Erstarrung gefroren zu Hause an, so daß ihm der Knecht vom Pferde helfen mußte, da er sonst der behendeste Mann war. Nun bestellte er sich Kaffee, den meine Mutter selbst in der Küche besorgte. Als sie damit ins Zimmer tritt, findet sie, daß er seinen großen Stuhl verlassen und sich auf ein Bett geworfen hat, wo er tief in den Federn liegt und schläft. Sie denkt, Schlaf ist besser als alle Arznei, und läßt ihn liegen. Den Tag darauf klagt er über Schwere in den Gliedern und den folgenden Tag über Schmerzen im Unterleibe. Es scheint, die Bettwärme hatte die Kälte, die sich nicht wieder mit dem übrigen Körper in Temperatur setzen konnte, zurückgetrieben, und es entstand daraus eine Blasenkrankheit, die ihn einige

Jahre mit unsäglichen Schmerzen quälte und ihn am Ende des dritten durch eine Apoplexie tötete. Man kann denken, wie sehr seine Haushaltung bei dieser traurigen Existenz leiden mußte, und doch verlor er bis an sein Ende niemals einen gewissen Grund von Heiterkeit und Frohsinn; nur hatten ihn seine Erfahrungen etwas bitter gemacht, so daß sich seine wahre Meinung oft sprichwörtlich ziemlich sarkastisch äußerte. Das Minimum von allem Guten, wodurch die Welt regiert wird, war einer seiner gewöhnlichen Gedanken; nur konnte er ihn nicht so dichterisch schön einkleiden, wie wir hier und da in Wielands Schriften finden. „Junge", pflegte er mir oft mit skoptischem Gesicht zu sagen, „wenn man dir von oben her zuruft, das Wasser läuft den Berg hinauf, so mußt du gleich antworten: Gnädiger Herr, soeben ist es oben." Ärzte wurden angenommen und gewechselt, ohne Erfolg, und ich erinnere mich gehört zu haben, man habe mehr als zweihundert Taler umsonst verdoktert. Als er in seinem 37. Jahre starb, ließ er seine Geschäfte in der mißlichsten Lage und meine Mutter als Witwe mit fünf Kindern, wovon ich als das älteste ungefähr zwölf Jahre alt war. Es entstand eine Art von Konkurs, wobei aber durchaus niemand einen Heller verlor; nur blieb meiner Mutter nichts als die winzige Summe von zweihundert Talern, wofür ihr ein kleines Häuschen gekauft wurde. Alle nahmen sich unser mit Rat und Tat sehr freundlich an, und es fehlte uns wenigstens nie an dem Notdürftigsten. Der brave Justitiarius Laurentius der Hohenthalischen Güter vorzüglich suchte die unglückliche Familie so sicher als möglich zu stellen und nahm für seine vielen Bemühungen in unserer Sache nicht allein nichts, sondern ließ uns auf eine feine, humane Weise noch manchen kleinen Vorteil zufließen. Mein Vater hatte kurz vor seinem Tode am Ende der Pachtung eine kleine Ökonomie mit etwa sechzehn Ackern Feld gekauft. Das Drückendste für ihn an Körper und

Geist war die Frone, die er selbst verrichten mußte, wenn nicht sogleich alles zugrunde gehen sollte. Die Sense war seinem jetzt schwachen Arme zu schwer, er mußte einige Male die große Wiese verlassen. Ich erinnere mich, daß einige entmenschte Seelen, wie es deren überall gibt, unter andern der derzeitige Vogt, ihre bitter groben Bemerkungen darüber machten, als sie ihn vor seiner Haustüre mit einem kleinen Knaben, meinem jüngsten Bruder, spielen sahen. Der gute Mann wischte sich die Augenwinkel und legte sich lange einsam in den entlegensten Teil des Gartens. Nach drei Tagen lag er auf der Bahre. Ob wohl diese rohen Seelen dabei einige bessere Gefühle in sich empfunden haben? Dieser Vorfall vorzüglich ist mit Ursache meiner folgenden konzentrierten, nicht selten finster mürrischen Sinnesweise. Ich habe die Katastrophe nie loswerden können, ob ich gleich selten oder nie davon gesprochen habe.

Der Graf von Hohenthal-Knauthain, der das Gut Lauer gekauft und mich zuweilen in der Schule und bei Kirchenprüfungen mit einigem Wohlgefallen gesehen hatte, hatte bei meines Vaters Tode erklärt, er wolle für mich sorgen und mich etwas lernen lassen. Was dabei seine Gedanken waren, weiß ich nicht. Meine Mutter und ich deuteten auf irgendein Handwerk; wenigstens verstrich eine ziemliche Zeit, fast von zwei Jahren, ohne daß wieder etwas darüber gesprochen wurde. Unterdessen nahmen sich der Pfarrer, M. Schmidt, und der Schulmeister Weyhrauch meiner wirklich sehr väterlich an. In meinen Kenntnissen kam ich zwar diese beiden Jahre nicht merklich vorwärts, da ich den Übrigen schon sehr voraus war und man sich höchst selten mit mir beschäftigte; aber es fing doch durch den Umgang schon an, sich der bessere Charakter der Humanität zu entwickeln. Mein Studium war biblische Geschichte aus Hübners biblischen Historien und Luthers Bibel selbst, nebst einigen alten asketischen

Schriften, die mir der Schulmeister gab. Damals gewann ich eine solche Festigkeit und Gewandtheit in der Bibel, daß ich nur selten einen Spruch nicht hersagen oder angeben konnte, der verlangt wurde. Ich wußte sehr viele Psalmen und fast alle Evangelien auswendig, sagte ziemlich genau, wie viel jedes Buch Kapitel und sogar, wie viel jedes Kapitel Verse hatte, und wo und in welcher Verbindung die sogenannten Beweisstellen standen; so daß mir von dieser Zeit an die Gewohnheit geblieben ist, bei manchen Gelegenheiten eine Reihe Bibelsprüche anzuführen, worüber zuweilen selbst Theologen sich etwas wundern. Ob sie wirklich bewiesen, was sie beweisen sollen, danach fragte ich damals noch nicht; es war nur Sache des Gedächtnisses und eines lebendigen Ideenspiels ohne weitere Untersuchung. Im Examen wurde ich nur dann gefragt, wenn irgendein Knoten zu lösen war; oder die Übrigen verstummten, und dann setzte meine Belesenheit und der Strom meiner Beweisstellen nicht selten sogar den Pfarrer in Erstaunen. Nicht selten geschah aber auch ganz natürlich, daß die Sache anfing, mir Langeweile zu machen, und da war ich denn, wenn ich gefragt wurde, nicht gegenwärtig, sondern mit meinen Gedanken auf dem Turme bei den Sperlingen oder im Busche bei den Sprenkeln, die ich gestellt hatte. Das gab dann harte Verweise, die mich aber verhältnismäßig weniger rührten, weil ich anfing, etwas mehr zu ahnen als bloßes kaltes Spiel des Kopfs, wie ich endlich hier fand. Doch war das nicht immer der Fall; denn der Pfarrer, ein wahrhaft guter, warmer Mann, hatte nicht ganz gewöhnliche Rednertalente, und es machte jedesmal einen tiefen Eindruck auf meine Seele, dessen ich mir noch jetzt lebendig bewußt bleibe, wenn er irgendeinen wichtigen moralischen Satz mit eignen, oder, wie ich nachher fand, erborgten Worten feuervoll vortrug. Dem Menschen ist sehr bald das Reinmenschliche heilig; so wie er bald gleichgültig gegen das wird, was sein Kopf nicht begreift und was sein Herz in keine Bewegung setzt.

Ich konnte lange zu keiner Wahl einer Lebensart kommen, so unbestimmt waren noch meine Ideen vom Leben überhaupt. Solange mein Vater lebte, wurde ich halb und halb zum Kaufmann bestimmt, da er einige Bekanntschaft dieser Art in Leipzig hatte; und ich hatte damals gerade nichts dagegen. Allein das zerschlug sich mit seinem Tode, und ein Handwerk sollte wahrscheinlich der Gipfel meiner Bestrebungen werden. Aus einer angebornen Neigung zum Soliden entschloß ich mich endlich, ein Grobschmied zu werden. Meine Mutter erschrak, und M. Schmidt lachte, als ich mit dem Resultat meiner Überlegung herausrückte, und beide hatten viele Mühe, mir die Sache auszureden. „Junge, du bist ja nur ein Zwerg und sinkst mit Hammer und Zange vor dem Amboß zusammen wie ein Taschenmesser", sagte der gutmütige Pfarrer; „dazu gehört ein Zyklope und kein Liliputer, wie du bist." Ich verstand das letzte nur halb, gab aber doch dem Einreden meiner Mutter nach und den vulkanischen Vorsatz auf; doch gehe ich noch jetzt selten vor einer Schmiede vorbei, wo nicht der alte Hang zur Solidität zurückkehrte. Nun bestimmte ich mich zum Dorfschulmeister, wollte etwas Latein und Musik erlernen und dachte mit dem Übrigen nach einiger Vorbereitung schon nicht übel durchzukommen; denn ich galt für einen gewaltigen Katecheten. Noch bei Lebzeiten meines Vaters hatte ich einmal gelegentlich von ungefähr gesagt, es müßte nicht gut sein, wenn ich nicht über einen Satz hundert Fragen bilden wollte, ohne eben am Ende zu sein. „Das traue ich ihm zu", sagte der Schulmeister, dem es gesagt wurde; „und die Fragen würden toll genug sein." Der letzte Zusatz war mir eben nicht sehr willkommen und machte mich aufmerksam. Seit der Zeit habe ich mich geflissentlich vor vielen voreiligen Fragen gehütet, habe die Sache wahrscheinlich zu weit getrieben und dadurch manches nicht erfahren, was ich hätte erfahren können und sollen. Ein Narr fragt mehr, fiel mir immer ein, als ein Weiser beantworten kann. In der Bestimmung zum Dorfschulmeister mochte wohl ganz leise der Blick auf Herrn Weyhrauch, sein herrliches Bienenhaus, seine vortrefflichen Spargelbeete und seine schönen Rosen und Nelken auch mitwirken; denn es schwebte mir vielleicht dunkel vor, daß bei gehöriger Einleitung und Ausdauer das alles mein werden könnte. Jede sitzende Lebensart war mir verhaßt, und obgleich ein Schulmeister auch sitzen muß, so begriff ich doch schon damals, daß sich viel Wesentliches in seinem Amte sehr vorteilhaft peripatetisch abmachen ließe. „Junge, was du für Einfälle hast!" sagte M. Schmidt bei dieser neuen Entdeckung; „werde doch lieber Leinweber; ein Dorfschulmeister ist ein jämmerliches Tier. Denkst du denn, sie haben es alle wie unser Weyhrauch?" Und nun fing er an, mir ein gar schreckliches Gemälde der armen Dorfschulmeisterlein in Thüringen und Meißen zu zeichnen. Ich ließ mich aber nicht abhalten und meinte, jeder Stand habe seine Plage und seinen Frieden. „Nun, wir wollen sehen, wie weit es geht", sagte er und tat Meldung an den Grafen.

Einige Zeit darauf wurde Anstalt gemacht, mich zum Rektor Korbinsky nach Borna zu bringen. Hier kam ich denn wie ein halber Hurone, moralisch gut gebildet, wenigstens ganz unverdorben, aber wissenschaftlich ganz roh und wild an. Der alte Herr nahm mich freundlich väterlich auf und ist von allen meinen Lehrern derjenige, dem ich am meisten verdanke. Er hatte mehrere Pensionärs, unter denen ich der älteste und unwissendste war, ausgenommen meine Bibelweisheit, in welcher mir es auch dort niemand zuvortat. Das Haus war patriarchalisch gut, und seine Frau war mehr als meine zweite Mutter. Er gab mir kurze, gemessene, deutliche, sehr gründliche Anleitung; das Bedürfnis drängte, der Ehrgeiz spornte, und binnen einem Jahre stand ich so ziemlich mit den übrigen auf gleichem Fuße, die schon vier und fünf Jahre hier gewesen waren, und am Ende des zweiten war ich fast entschieden der Erste an Kenntnissen. Der Erste an der Tafel konnte ich mit Salomos Weisheit nicht werden; denn da waren zuerst Rücksichten, die ich schwer begriff und noch schwerer billigte. Das schien mir die einzige schwache Seite des guten Mannes: doch war sie bei ihm sehr unschädlich; denn es ging deutlich aus der Behandlung hervor, daß er etwas anders rangierte, als man in der Klasse saß; und ich war nun schon so weit, daß immer die schweren Stellen an mich kamen. Der Rektor überließ mich mir selbst, und da war ich denn zuweilen entsetzlich fleißig und zuweilen entsetzlich faul. Das zweite übersah er zuweilen des ersten wegen: und ein Hm hm mit Kopfschütteln oder ein „du kommst jetzt nicht vorwärts, mein Sohn!" waren hinlänglich, mich in den Gang zu bringen. Wie ich im Lateinischen und Griechischen deklinieren und konjugieren gelernt habe, weiß ich selbst kaum. Ich las und las, bis es fest blieb; dann las ich Stellen und analysierte und setzte wieder zusammen, da denn die logische Notwendigkeit sich meiner Seele aufdrang, daß es so sein müsse und auf diese Weise nicht anders sein könne. Die Ausnahmen, wenn man sie nur einige Male gelesen hat, fielen deutlich genug in die Augen.

Hier ließ mein Bibelstudium ziemlich nach, und an dessen Stelle trat die Beschäftigung mit lateinischen Sprichwörtern, welche Weisheit des Lebens lehren. Der Rektor Korbinsky selbst hatte eine Sammlung solcher Sprichwörter in Altenburg drucken lassen: ein sehr nützliches Buch für junge Anfänger, das aber wenig bekannt zu sein scheint. Da ich im Leben schon etwas Gewandtheit besaß und mein Vater gern in Sprichwörtern redete, machte sich der Rektor ein Vergnügen, mich die Übersetzung auch sprichwörtlich versuchen zu lassen, wobei denn zuweilen barockes Zeug zum

Vorschein kam. So kam einmal das Horazische Quidquid delirant reges, plectuntur Achivi vor; der Rektor forderte es sprichwörtlich. „Wenn sich die Könige raufen, müssen die Bauern Haare lassen", sagte ich. „Recht gut, recht gut!" versetzte der Rektor; „nur etwas zu sehr vom Dorfe, etwas zu – zu . . .", ich verstand, er wollte sagen zu grob. Ich entgegnete, daß das lateinische delirant und plectuntur eben auch nicht sanft sei und daß man eine solche Sache recht handgreiflich sagen dürfe. „Nun gut, es mag gehen", sagte er, da er selbst nicht gleich ein feineres Sprichwort finden konnte. Die Frau Rektorin gab sich alle ersinnliche Mühe, mich fein und artig zu machen, so wie der Herr sich bestrebte, mich zur Tugend und Weisheit zu bilden. Inwiefern es dem Rektor gelang, kommt mir nicht zu, zu bestimmen; aber ihr gelang es sehr schlecht. Mein Anzug war immer sehr nachlässig, meine Haare grotesk, struppig und meine Schuhe schmutzig. Vor allem hatte sie ihren Krieg mit meiner Stirne, die ich nach ihrer Meinung unerträglich runzelte. Ehe ich mir's versah, versuchte sie eine Glättung mit der Hand oder auch wohl mit der Bürste und drohte sogar mit der Striegel, aber alles umsonst. Sobald ich in Gedanken geriet und etwas Eigenes oder Fremdes ruminierte, traten die Runzeln wie Furchen auf die Stirne, und die Augenbrauen zogen sich finster zusammen. Das ist geblieben, und man hat mich oft für melancholisch mißmutig gehalten, wenn ich meine seligsten Gedanken hatte. Der Rektor nahm davon keine Notiz, da er selbst etwas von der nämlichen Unart besaß und es wahrscheinlich für ein Adiaphoron hielt. Er gab mir selbst das Zeugnis, daß ich bei ihm in zwei Jahren so viel getan habe als andere in sechs Jahren, und drang bei meinen Gönnern auf meine Entfernung, weil ich nunmehr meine Zeit besser anwenden könne und müsse. Ich hätte bei ihm noch lange, noch sehr viel lernen können; allein seine Zeit erlaubte ihm nicht, sich mit mir besonders zu beschäftigen. Doch gab er mir noch einige hebräische Stunden, so daß ich auch hierin ihm den ersten Grund dankte. Ich kam sozusagen ohne die geringste Kenntnis zu ihm und las doch meinen Cicero und ein leichtes griechisches Buch ziemlich geläufig, als ich nach zwei Jahren sein Haus verließ; nicht zu erwähnen, daß ich ihm den besten Grund in der Geschichte, der Geographie und andern ernsthaften Wissenschaften verdanke. So habe ich bei niemand wieder die Reformationsgeschichte so deutlich, gründlich und pragmatisch gehört als bei ihm. Er war überhaupt in der Kirchengeschichte sehr stark, studierte unermüdlich und ließ nichts Gutes in jedem Fache ungelesen. Auch Fischer, der mehrere Reisen mit Beifall geschrieben hat, und Mahlmann sind seine Schüler, und ich zweifle nicht, sie werden gern das Wesentliche unterschreiben, was ich hier von ihm gesagt habe. Das Haus dieses Mannes nebst meines Vaters Hause sind der Grund alles Guten, was ich vielleicht in meinem Charakter habe. Ich habe erst nachher durch Vergleichung recht gefunden, wie rein die Sitten und wie fein zugleich in meines Vaters Hause waren. Ich höre jetzt oft in den besten Gesellschaften und in sonst sehr guten Häusern Gesinnungen und Ausdrücke, für die uns der Vater aus dem Hause in den Viehhof würde geschickt haben. „Dergleichen Reden schicken sich wohl bei Tische", sagte er oft fürchterlich skoptisch, wenn jemand etwas Ungesittetes äußerte, „nur nicht beim Mistladen." Wenn das Gesinde nicht gesittet sprechen konnte, mußte es schweigen; das war mit die erste Bedingung bei der Annahme. Ohne je ein Wort Latein gelernt zu haben, übte niemand strenger als er das sit reverentia pueris! Er wußte, ich weiß nicht wie, die meisten Stellen unserer damals neuesten Dichter, und Bürgers Weiber von Weinsberg erinnere ich mich zuerst von ihm gehört zu haben, mit Varianten bei mißlichen Stellen, deren sich vielleicht kein Kritiker hätte schämen dürfen. Woher er alles das hatte, weiß ich nicht, da er wenig las und wenig Zeit dazu hatte. Bei Korbinsky wurde dieses feinere moralische Gefühl sorgsam genährt. Niemand verstand die unschuldige Eutrapelie des Lebens besser als der alte Mann. Er nannte z. E. den Schwager nie anders als Herr Bruder, die Schwägerin Frau Schwester usw., und das mit viel wahrer Herzlichkeit. Alle seine Zöglinge waren wie seine Kinder, und er nahm auch nachher den wärmsten Anteil an ihren Schicksalen. Es war ein Unglück im Hause, wenn einer seiner ehemaligen Schüler etwas getan hatte, das einem schlechten Streiche ähnlich sah. „Du lieber Gott, was soll aus dem Menschen werden? das macht mich sehr unruhig." Und das verderbte ihm wirklich Schlaf und Mahlzeit. Über mich soll er in der Folge oft abwechselnd getrauert und gejubelt haben, bis er sich endlich fest überzeugt habe, ich werde auf keine Weise seiner Erziehung Schande machen, glücklich oder unglücklich; dann sei er ruhig geworden. Nur das Laster hielt er mit den Alten für beweinenswertes Unglück. Der Aufenthalt bei ihm ist mir immer die schönste, reinste Erinnerung gewesen und wird es immer bleiben. Segen seiner Asche!

Zuletzt wurde es aber hohe Zeit, daß ich wegkam, da ich die übrigen sehr übersah und zuweilen übermütig und üppig, zuweilen verdrießlich allein stand. Das war denn die Zeit der Streiche, die oft etwas mehr als lustig, die jugendlich verkehrt und unbesonnen waren. So nähten wir, dux gregis ego, wenn er zuweilen eine kleine Erholungsreise machte, alle alten Fußdecken zu Zelten zusammen und hielten unser Scheibenschießen mit dem Blaserohre darunter. Das ging an. Aber oben lagen ein paar alte Reiterpistolen. Feuergewehr war von meinen ersten Jahren meine Lieblingssache. Die Pistolen wurden in den Dienststand gesetzt, geputzt, geschmiert und wieder geputzt und mit scharfen Steinen versehen. Sodann wurde Pulver geholt bei dem Krämer, der kein Bedenken trug, es uns zu geben, da wir draußen in der Freiheit zuweilen Schwärmer machten, die nichts schadeten. Nun ward das Scheibenschießen, und zwar in des Rektors Hofe, da wir nicht hinaus durften, ernsthaft. Eine große Scheibe wurde mit den gehörigen Abteilungen an die Privettüre gemalt, und es war eine Lust, wie die Kugel durch das Brett fuhr und der Knall inwendig an der Stadtmauer hindonnerte. Das Herz zitterte allen im Leibe vor Freude. Ungefähr vier Schüsse waren gefallen, da erschienen der Superintendent, Herr Richter, und der Stadtwachtmeister, Herr Herrmann, mit gar finsteren Amtsgesichtern. Wir standen nun selbst wie angedonnert da. „Lassen Sie sich nicht stören, meine Herren“, sagte Herr Herrmann, „wir wollen bloß ein bißchen zusehen, wie hier kanoniert wird.“ Der Superintendent, Herr Richter, im großen weitwogenden Schlafrock, sagte kein Wort, und so gingen sie fort. Schnell wurden die Gewehre wieder in die alte Rüstkammer gebracht, und es war ein ängstliches Harren der Dinge, die da kommen sollten. Einige ehrliche Spießbürger, die vorbeigingen und den Vorfall gehört hatten, hielten nun schreckbare Galgenpredigten über das Verbrechen des Schießens innerhalb der Stadtmauer. Der Abend kam und mit ihm der Rektor; finster und stumm war sein Antlitz; denn wahrscheinlich schon am Tore war ihm die Kanonade berichtet worden. Der Morgen kam und keine Silbe, weder freundlich noch ernst: nur fing man an, sich ins Ohr zu raunen, ich, als der unbefugte Feldzeugmeister, werde mit gewaffneter Polizei ins Stadtgefängnis abgeholt werden. Schon dachte ich auf die Flucht, als der Rektor mich, den ersten Inkulpaten, zu sich ins Kabinett zitierte und mir namens des Magistrats, des Ministeriums und der Schule eine Strafpredigt hielt, die ernst genug war. „Ihr seid doch tolle Menschen“, schloß er endlich freundlicher mit entwölkter Stirne, „man darf euch keine Stunde allein lassen, so macht ihr sogleich ein Dutzend wilde Streiche." Nun kamen die andern daran; mit denen ging es bald härter, bald glimpflicher. Am schlimmsten kam ein Dummkopf weg; denn der hatte nichts, womit er wiedergutmachen konnte. „Nur hier bleibst du nicht zurück, da bist du mit der erste", hieß es. Allein ein solcher Kopf kann auch mehr vertragen.

Ein andermal waren wir einem Vogelsteller in den Dohnenstrich geraten, hatten die Krammetsvögel ausgenommen und Frösche dafür eingehängt. Der Schnellfuß überraschte uns; der Spott verdroß ihn mehr als der Schaden; ich war weit voraus: die andern kamen mit einigen Kopfnüssen durch; ich, als der auctor facinorum, sollte eine exemplarische Züchtigung haben. Aber durch viele Umschweife und große Anstrengung entwischte ich glücklich nach der Stadt. Die Krammetsvögel durften wir nicht nach Hause bringen; bloß der Schwank belustigte, und mit vieler Mühe stellten wir ihm sein Eigentum wieder zu und beschwichtigten ihn durch Bitten, nicht klagbar bei dem Rektor gegen uns einzukommen.

Ein andermal hatten wir ein Vergnügen, das dürre Laub von den Bäumen anzuzünden und ein Freudenfeuer zu machen. Einmal versahen wir es, die Flamme schlug um sich, und es drohete ein gewaltiger Waldbrand zu werden, als zu unserm Glücke der Wind sich noch wendete. Der Rektor meinte, ich würde ein Taugenichts werden, wenn ich nicht bald weiterkäme, und hatte wohl recht. Aber ich hätte es auch in der Länge nicht mehr ausgehalten, sondern wäre ganz gewiß auf und davon gelaufen. Keine Lage ist peinlicher, als wenn der Geist Bedürfnisse hat, die nicht erfüllt werden und doch erfüllt werden könnten und sollten. Was vorkam, waren mir abgedroschene Sachen, und nur selten hatte der Rektor Zeit, sich mit mir besonders zu beschäftigen.

Einmal war ich diese Zeit über zu Hause zum Besuche gewesen. Es war nötig; denn man hatte mir einige Male so unschonend von der traurigen Lage meiner Mutter und Geschwister gesprochen, daß ich ziemlich entschlossen war, den Cicero und Paläphatus im Stiche zu lassen und nach Hause zu gehen, um ihr durch meine Arbeit zu helfen. Ich fand zum Glück, daß man, wie gewöhnlich, übertrieben hatte. M. Schmidt, der gute Mann, mochte so etwas aus einzelnen Äußerungen schließen und aus meinem Gesichte lesen und sprach mit Teilnahme und Wärme. „Wir können deine Mutter nicht wohlhabend machen“, sagte er, „wir können ihr kein gemächliches Leben verschaffen; aber so arm und so entmenscht sind wir doch nicht, daß wir sie und die Ihrigen an den ersten Bedürfnissen Not leiden ließen. Sei darüber ganz ruhig, mein Sohn, und tue deine Pflicht von deiner Seite!“ Als ich hier zugleich dem Grafen Hohenthal, meinem Wohltäter und Erzieher, meine Aufwartung machte, war, nach meinen damaligen Begriffen, eine sehr glänzende Gesellschaft von allerhand Ständen zugegen, wo mich denn einer nach dem andern nach Lust und Belieben ins Examen nahm. Es war dabei ein gewisser Herr Leithier, eine pedantisch hofmeisterliche, parasitische Seele, den M. Schmidt, ich weiß nicht, aus welcher Antipathie, gewöhnlich ins Neutrum setzte; dieser machte auch, und zwar vorzüglich, den Examinator. Weiß der Himmel, was er für eine barocke Frage aus der babylonischen Geschichte tat; ich stand stumm und verblüfft da. Er fragte weiter und sah gerade aus, als ob er aus dem Aristarch ein Orbilius werden wollte, wenn's erlaubt wäre. Ich war noch verblüffter und verwirrter. Da nahm sich ein alter Legationsrat Kauterbach, der damals in Leipzig privatisierte, ein Mann von stattlichen Kenntnissen, ansehnlicher Leibesstärke und tüchtiger Stimme, meiner an, nahm den Schulmeister mit einer Derbheit in die Schule, die diesen weit verblüffter machte, als ich armer Schächer vorher war. „Wer zum Teufel“, sagte er, „wird einem jungen Menschen so blitzhagelsdumme Fragen vorlegen? Da müßte Leibniz verstummen, wenn er nicht disputieren sollte. Lassen Sie mich examinieren." Der alte Herr trat sein Amt an, fragte dieses und jenes aus der Geschichte, und ich bestand so gut, als ein Mensch bestehen kann, der nur erst den Cornelius Nepos ein Jahr bei den Ohren hat. Sogar das Latein ging ex tempore schnakisch genug, ohne daß eben Priscian viel Ohrfeigen bekommen hätte.

Endlich holte man mich von Borna ab und brachte mich zum Antiquar Martini nach Leipzig auf die Nikolaischule. Reiske wäre freilich besser gewesen; der war aber kurz vorher gestorben und Martini hatte als sein Nachfolger großen Kredit gewonnen. Er mochte ihn auch als eklektischer Gelehrter und Altertumsforscher verdienen; aber Schulmann war er in einem kaum erträglichen Grade. Gleich im Examen fragte er mich Quisquilien, von denen ich ihm halb verdrießlich bemerkte, daß Herr Korbinsky mich dergleichen Dinge nicht mehr gefragt habe. Lieber wäre ich nach Pforte gewandelt, weil Klopstock dort gewesen war und einige meiner alten Kameraden sich dort befanden. Ich kam nach Sekunda und hatte nun freilich wieder zu tun, um mit den andern gleichen Fuß zu fassen, zumal da die erste und zweite Klasse gewöhnlich zusammen waren. Auch ging das Studieren die erste Zeit, wenigstens nach meinem Sinne, recht gut; dem Rektor wollte meine Weise nicht behagen, so wenig mir die seinige, und doch sollte ich mich danach richten. Er hielt viel auf Vorbereitung und das mit Recht; nur drang er auf sogenannte Präparierzettel, die mir sehr zuwider waren. Denn unnötiges Schreiben war gar nicht meine Sache, da ich auf einige Tage ein musterhaftes Gedächtnis hatte. „Wo haben wir unsere Präparation?" fragte er mich einmal. „Hier!" antwortete ich und zeigte auf die Stirne. „Wir sind etwas keck; wir werden ja sehen." Sie war wirklich da, und etwas Brummen von Eigendünkel beschloß den Sermon. Ich konnte aber drei Seiten lesen, während ich einige Worte niederkleckste, die nun doch in meinem Gedächtnisse lagen. Er hatte die Marotte der alten Schulmonarchen, die nicht höflich sind und doch nicht grob sein wollen, immer nur mit Man und Wir zu reden. Daraus entstand dann manches lächerliche Quidproquo. So sagte er einmal im hitzigen Eifer, ich glaube zum jetzigen Buchhändler Sommer: „Wir sind ein Esel." „Ich meinerseits protestiere", antwortete dieser ganz lakonisch; und die Klasse wußte nicht, wo sie mit dem Lachen hinsollte. Es saßen damals Haubold und Blümner und einige andere jetzt nicht unbekannte Männer mit in der Klasse, so daß schon Wetteifer des Fleißes stattfand. Auch gab uns der Konrektor Forbiger durch seine ernsthafte, gründliche Methode, vorzüglich im Griechischen, reichlich Ersatz. Die weitausgebreiteten Kenntnisse des Mannes in vielen Fächern sind bekannt genug. Nur mußte er sich zu uns sehr herablassen, welches ihn zuweilen verdrießlich zu machen schien. Hübschmann, der Tertius, der uns auch einige Stunden gab, zeichnete sich durch einen großen Bierbaß aus, den er sich auf den Kirmessen erworben hatte. Wenn wir, wie wohl verzeihlich war, bei ihm über Ciceros Pflichten die Aufmerksamkeit verloren und Allotria trieben, nahm er die Sache en gros und donnerte uns in corpore an: „Lumina mundi wollt ihr werden; ja, ihr Halunken, lumpenhundi werdet ihr sein"; und damit bearbeitete er im Eifer mit Hand und Fuß und Buch das morsche Katheder.

Ich war bei dem Rektor in Wohnung und Kost und Holz verdungen, erhielt aber meinen Speiseteil durch die Magd auf mein Zimmer. Das wollte mir schon nicht behagen und schien mir illiberal; denn bei Herrn Korbinsky in Borna war ich wie ein Kind vom Hause mit allen übrigen gehalten worden. Indessen das mochte noch gehen; denn des alten Rektors Würde würde mit mir allein ein barockes Tête-à-tête gemacht haben. Das Essen war gut.

Der alte Herr besuchte mich zuweilen auf meinem Zimmer, wahrscheinlich um zu sehen, wieviel ich Holz verbrannte; denn um meine Studien bekümmerte er sich weiter nicht. Nur ein einziges Mal guckte er in meinen Ovid und fand statt der Metamorphosen die Amores aufgeschlagen, worüber ich denn einen stattlichen Leviten erhielt. Aber warum stand auch alles in einem Bande beisammen? Ich fand das cetera quis nescit viel leichter und erbaulicher als das in nova fert animus. Das Holz war der große Gegenstand des Zwistes, ohne daß es eben zur deutlichen Erörterung gekommen wäre. Mein Stubengeselle und Quasihofmeister war Herr Korbinsky, der älteste Sohn des Rektors in Borna, der mir noch einigen Unterricht im Hebräischen gab. Neben uns wohnten noch zwei veterane Studenten, der jetzige Professor Dindorf und der Archidiakonus in Borna, Brunnemann. Auch diese hatten sich ins Holz verdungen, und es ging ihnen wie uns. Da man uns spärlich hinlegte, langten wir selbst zu und bargen den Vorrat im Zimmer. Herr Martini entblödete sich nicht, ihn selbst wieder herauszuholen und das Holz zu verschließen. Es war ein Lattengitter davor; wir zwängten so lange, bis eine Latte losging, und meine kleinere Personalität, die andern waren große, dicke, stattliche Kerle, hineinschlüpfen konnte. Nun bargen wir das Holz im Koffer unter Verschluß. Infolgedessen ließ man es in eine festverschlossene Kammer des alten Gebäudes bringen. Zum Glück oder Unglück schloß aber einer der vielen Schlüssel an den leeren offenen Kammern, und die Gaunerei ging von beiden Seiten fort. Zuletzt ließ er den Vorrat hinunterbringen, und das arme Mädchen mußte alles drei Treppen herauftragen. Auch von unten aus holte ich keck genug von Zeit zu Zeit einen Schlafrock voll, und es muß putzig anzusehen gewesen sein, wie der dicke Hebräer Dindorf und der nicht minder hebräische Korbinsky auf Schildwache standen, ich unten im Holzverschlag lauschte und mich vor dem herabrauschenden Rektor in den Keller versteckte und endlich mit einem Schlafrock voll Scheitholz die Flucht in die Höhe nahm, als der Alte schon wieder über das Tabulat herpolterte. Es wurde eine erkleckliche Summe für Heizung bezahlt, nach der damaligen Zeit, und man ließ uns vor Frost in den Dachstuben zittern; und das Ganze war doch nur Überschuß vom Schuldeputat. Bei dieser Einrichtung waren die Klassen auch nicht überwarm; indessen das dauerte eine kurze Zeit des Tages, und eine Menge junger Leute können die Zimmer schon heiß machen.

Ich kann nicht umhin, hier, trotz der Ehrlichkeit meines Wesens, die Diebesneigung meiner Natur in solchen Kleinigkeiten anzuklagen. Meine Jugend ist voll davon. Man hätte mich unter Goldhaufen sicher lassen können, ich hätte nichts angerührt; aber in dem Garten war trotz aller Verbote doch selten ein Apfelbaum, den ich nicht verstohlen dezimierte. Wenn wir Geschwister Borstorferäpfel zum Braten in der Röhre hatten und sie nun vollendet gut waren, verzehrte ich sehr bald die meinigen und wußte dann die übrigen mit dem Federmesser so zu öffnen, daß der genießbare Inhalt mir zuteil ward. Griff man sie sodann an, so ging die eingeschlossene Luft ins Weite, und die Schale war leer. Wenn ich in die Wurstkammer kommen konnte, wo alles hübsch an Stangen hing, schnitt ich wohl in der Mitte der Wurst etwas heraus und spiekerte sie mit einem Hölzchen wieder ganz. Einmal jagte mich ein Bauer aus einem Schotenfelde von Knauthain fast bis Lützen, ohne den Flüchtling erwischen zu können. Wegen dergleichen Streiche gab es viel strenge Moralen und auch wohl tätliche Züchtigungen. Nur erst, nachdem ich die Begriffe ernster sichten lernte und das Unstatthafte der Unart einsah, gewöhnte ich mir diese otaheitische Sitte ab. Wenn jeder sich diese Kleinigkeit erlauben wollte, würde dem Eigentümer bald wenigstens nicht der beste Teil zurückbleiben. Bei gewissen Gelegenheiten ist eine furchtbare Strenge hierin keine Ungerechtigkeit. Wenn z. E. jeder Soldat eines marschierenden Korps eine Handvoll Kohlrüben mitnehmen wollte, wie würde man das Feld finden? Man hat also mit Recht hier und da Todesstrafe auf dergleichen Unordnungen gesetzt. Freilich ist das in unsern Tagen nicht mehr, wo die Undisziplin wieder bis zur Barbarei herabgesunken ist. Martini war bekanntlich ein guter Altertumsforscher und hatte vortreffliche Werke in diesem Fache. Die Schüler bekamen selten eins davon zu sehen, und ich lugte und guckte umsonst nach den schönen Bücherschränken, wenn ich zuweilen von ungefähr Zutritt zu dem Adyton seines Museums hatte. Ob mir gleich der Tacitus lieber war als die Prachtantiquitäten von Pompeji, so verdroß es mich doch, mich so ganz nachlässig wegwerfend als einen Laien behandelt zu sehen. Gegen mein Wesen im ganzen hatte nun der Rektor nicht viel, aber desto mehr im einzelnen gegen Kleinigkeiten, die ich sehr ungeschmeidig nach meinem und nicht nach seinem Sinne tat. „Wir sind nun wohl ziemlich fleißig", sagte er dann und wann, „und es fehlt uns nicht an Talenten, die uns der Himmel gegeben; aber wir sind doch entsetzlich eigensinnig und hartnäckig und wollen immer mit dem Kopfe durch die Wand. Wir werden doch die Welt und ihre Formen nicht anders machen; das wollen wir nur glauben." Da hatte nun der alte Herr ganz recht und sprach sich und mir und der Welt zugleich das Urteil; denn er richtete sich so sehr nach der Form, daß fast das Wesen darüber verlorenging. Hier wurde denn auch gedichtert oder vielmehr nur geverselt. Seine Methode war folgende. Er versetzte ein Pensum eigener oder fremder Verse in Prosa, doch so, daß kein Ödipus dazu gehörte, zu sehen, was es gewesen war und wieder werden sollte. Dieses diktierte er und verlangte es in Versen zurück. Das Spielwerk war zu leicht und ununterhaltend. Ich pflegte da oft einen Sprung zu machen und die Verse anders aufzubauen, als sie wohl mochten gewesen sein; darüber mußte meine voreilige Weisheit manchmal leiden. Zuweilen mochte ich auch wohl die Verse verdorben haben: das liegt nun so in der Natur: man stolpert einmal lieber über Felsen, als daß man immer auf gleichem Wege fortschleicht.

Meine erste Poeterei war in Borna, wo wir zuweilen aus Gellert und Hagedorn so vel quasi deklamieren mußten. Das hatte mich beschäftigt, da ich sonst eben nichts zu tun hatte; ich setzte mich also hin und machte eine satirische Fabel: *der Hasenschwanz*. Man pflegte sich nämlich zum Abwischen der schwarzen Tafeln der Hasenpfoten oder auch wohl der kurzen Hasenschwänze zu bedienen. Nun war einer der Alumnen, der sich eben nicht durch Talente und Fleiß auszeichnete, beständig damit beschäftigt, allerhand possierliche Spielwerke mit dem Hasenpörzel zu machen. Dabei blieb der Junge ein Geck, ein Dummkopf und ein Hasenschwanz. Das war die sehr sinnreiche Erfindung, und sie erhielt ungeheuern Beifall, weil denn doch wohl seit der Schwedenzeit in der Klasse von einem Zögling nichts Ähnliches war ans Licht gestellt worden. Es liefen Kopien herum; ich hoffe zu Gott, es ist keine mehr vorhanden. Die Erfindung sieht man; der Vortrag wird wohl toll genug gewesen sein, und über der Sprache, die bei mir überhaupt nicht sehr glatt ist, hätte man füglich die Schienbeine brechen können, soviel ich mich noch aus einigen Ausdrücken erinnere. Wenn ich mit Martinis Versen fertig war, fing ich nun zuweilen wohl auch noch an, eigene zu zimmern; sie fielen aber alle sehr hart und holperig aus, und ich war wohl etwas ärgerlich und neidisch, daß einer meiner Nachbarn, der das Handwerk nicht fortgesetzt hat, sie so fließend und rieselnd hervorbrachte. Der Rektor Martini kam einmal dazu, als ich eben einmal einige zu einer Feierlichkeit hatte drucken lassen, und war anfangs höchlich aufgebracht über die Keckheit, wie er es billig nannte; indessen verlängerte er den Strafsermon doch nicht weiter, nachdem er sie gelesen hatte, woraus ich schloß, daß sie doch nicht so ganz hundelos in seinen Augen mochten gewesen sein. „Man sollte so etwas doch nicht unternehmen", sagte er; „man hat noch nicht Gewandtheit und Routine genug." Mir kam der ästhetische Urtelspruch sehr sonderbar vor, nach dem, was ich schon hier und da bei den Alten und Neuern über die Sache gelesen hatte. Ich machte sogar griechische Verse, Gott sei bei uns, die nicht in der Schulordonnanz lagen: denn es wurde nur deutsch und lateinisch geverselt; in dem Deutschen meistens Alexandriner, die ich seit der Zeit nicht recht habe leiden können, und im Lateinischen verstieg man sich nicht über den Hexameter und das Distichon. Ich hatte zwar nicht das Herz, meine griechischen Verse geradezu dem Rektor zu übergeben, legte sie ihm aber doch so in den Weg, daß er sie füglich sehen konnte; er nahm aber keine Notiz davon. Seit der Zeit habe ich nur einige Male im philologischen Übermut einige gedrechselt; aber zum Glück ist keiner übriggeblieben, ob ich gleich mit einigen damals nicht übel zufrieden war und sie mit großem Wohlgefallen wohl zehnmal durchskandierte. Martini pflegte mich selten in meiner Dachstube zu besuchen, und allemal war er Aristarch, der in den Orbilius überzugehen drohte. Ich hatte, wenn ich nicht Lust hatte zu arbeiten, ein gutes Talent zu schlafen: und tat mir etwas Gütliches im Morgenschlaf, da mich vor Mitternacht die Wanzen in dem alten verdammten Baue nicht ruhen ließen. Das sagte ich ihm geradezu; und er brummte. Einmal fand ich, als ich etwas spät aufstand, von seiner Hand mit Kreide an die Stubentüre geschrieben: Sex septemve horas dormisse sat est iuvenique senique. Ich veränderte das ve in que; und nun lautete es: Sex septemque (sechs *und* sieben, also dreizehn) horas. – So blieb es stehen, bis er wieder kam. „Ei seht doch die

Variante“, rief er halb komisch, halb strafend, „nicht übel, gar nicht übel für Faulenzer, wie wir sind.“ Hätte er den Hexameter nicht ungebührlich zum Heptameter verlängert, so hätte die Schnurre nicht stattfinden können.

Hier las ich in meinem sechzehnten Jahre den ersten Roman, und zwar den Siegwart, den mir mein Vetter Hahn, ein Weißenfelser Gymnasiast, semmelwarm aus der dortigen Presse zuschickte, und zwar alle drei Bände auf einmal. Diese fertigte ich in einer Nacht ab mit ungeheuerm Heißhunger. Die erste Wirkung war auf die Phantasie gewaltig; als ich aber prüfte, fand ich schon damals alles zu sehr Spielwerk und Tändelei der Einbildungskraft, die des Menschen bessere Zeit ohne Nutzen in Beschlag nimmt. Nur das Wirkliche fing an, mich zu interessieren. Warum sollen wir mit solchen leeren Dichtungen ins Blaue hinaus greifen? Ohne mich auf den Wert dieser Dichtungsart einzulassen, kehrte ich von der Konfektnäscherei immer sogleich zu der echt nährenden gediegenen Diät der Geschichte zurück. Auch Werther, der damals erschien, fiel mir sogleich in die Hände, und ich muß bekennen, er spielte dem jungen Kopfe gewaltig mit; desto mehr, da alles dort der Geschichte so gleich ist, und vielleicht meistens Geschichte ist. Da aber meine Seele noch ohne Leidenschaft aller Art war, außer dem allgemeinen Enthusiasmus für das Große, Gute und hohe Schöne, so verflog die Wirkung bald wieder, da ich die Katastrophe nicht in den Annalen der Geschichte verknüpft wiederfinden konnte. Nun hätte man glauben sollen, ich habe mit vieler Anstrengung Geschichte studiert. Das war aber auch nicht der Fall. Das Studieren war mir Bedürfnis, und war dieses gestillt, so pflegte ich fast unwillkürlich lange Zeit das Gelesene zu ruminieren, bis ich wohl zuweilen in das sogenannte selige far niente, den behaglichen, halb dunkeln, ziemlich reinen, bloßen Existenzgenuß zurücksank, der vorzüglich der

Kindheit eigen ist. Lange hielt ich natürlich diesen nicht aus, und der Geist schritt zu etwas anderm.

Meine Seele hat von der frühen Kindheit an unbestimmt sehr an der Natur gehangen; dies ward nun zur Neigung. Das Einfachste war mir immer das Liebste, ein gutes Butterbrot und reines Wasser mein bester Genuß. Ich erinnere mich darüber eines drolligen Auftritts. Mein Vater nahm mich einmal mit nach Leipzig; ich mochte ungefähr ein Bube von sieben Jahren sein. Er traf einen alten Bekannten, und beide wurden einig, ein Frühstück in einem Italienerkeller zu nehmen. Da ich nicht Lust hatte mitzugehen und er mich nicht nötigen wollte, wies er mir eine Peripherie an, aus welcher ich nicht kommen sollte, und den Eckstein, an welchem man nach einer Viertelstunde mich wieder treffen würde, und gab mir einige Groschen, sie auf dem Markte nach meinem Belieben zu verzehren. Als er zurückkam, hatte sich noch ein Bekannter angeschlossen. „Nun, hast du auch ordentlich gefrühstückt, Junge?“ fragte er mich. „Ja, Vater.“ „Wie hast du denn dein Geld angewendet?“ „Ich habe mir eine Semmel gekauft und Rüben dazu.“ „Was für Rüben?“ fragten sie neugierig. „Solche weiße Rüben, wie sie sie hier haben“, antwortete ich, indem ich hin auf die Gärtner zeigte. Alle lachten laut. „Für wieviel denn?“ „Für zwei Groschen.“ „Junge, bist du toll? Für zwei Groschen weiße Rüben? Für einen Dreier bekommst du ja draußen auf dem Dorfe so viel, daß sich sechs Fuhrknechte satt essen können.“ „Wo denn?“ „Draußen überall.“ „Ich habe nichts gesehen.“ „Kannst du nicht warten, bis sie groß sind?“ „Warten, ja warten“, sagte ich und kratzte mich hinter dem Ohre. Es war noch früh im Jahr; ich hätte wenigstens noch einige Monate auf mein Lieblingsgericht warten müssen. Man lachte immerfort über den Dreier für die Semmel und die zwei Groschen für weiße Rüben dazu. „Ei, so laßt doch den Jungen zufrieden“, sagte der alte Verwandte; „es ist doch wohl besser, als wenn er Pfeffernüßchen und Zuckerbrot gekauft hätte.“ Ich war bloß dem Instinkt und der Neigung gefolgt; aber als man vernünftig darüber nachdachte, trat man denn doch auf meine Seite. Der nämliche Alte war auch mein Advokat gegen den Kaffee, der mir sehr zuwider war. Die ganze Familie trank ihn zum Frühstück; ich sollte also auch. „Wir werden dem jungen Herrn ein Süppchen apart kochen“, sagte meine Mutter, und wollte mich zur allgemeinen Kaffeepartie nötigen. „Ei, so laßt ihn doch zufrieden“, sagte der Alte; „es wird ihm vielleicht einmal recht lieb sein, wenn er sich nicht an die verdammte Lorke gewöhnt hat.“ Meine Mutter glaubte, Butterbrot und kaltes Wasser zum Frühstück ohne etwas Warmes würde mir übel bekommen; da sie aber das Gegenteil sah, ließ sie mich ruhig meinen Weg gehen. An dem Brunnen waschen und trinken war also die nämliche Partie; übrigens lief ich meistens allein in allen Dickichten herum, und kein Elsternest war mir zu hoch, ich mußte hinauf. Das setzte ich denn etwas verändert in Borna und Leipzig fort. Ich trank durchaus weder Wein noch Bier, bekümmerte mich nichts um Backwerk und feinere Gerichte; aber die schönsten Kirschen und Pflaumen wurden immer reichlich gekauft, sie mochten noch so teuer sein, und mein Aufwand darin ging für meine Umstände zuweilen fast bis zur Verschwendung. Jetzt verband ich meine Streifereien mit meinen Studien. Man sah mich seltener auf öffentlichen Promenaden; sondern ich lag in irgendeinem Dickicht oder dem versteckten Winkel einer Wiese und las ohne weitere Wahl, was mir in die Hände gefallen war: selten Romane, fast ebenso selten Gedichte im Deutschen, aber desto mehr ausgesuchte Stellen aus den Römern und Griechen. Es freute mich besonders, nun bei den letzten die Schwierigkeiten überwunden zu haben und mit Leichtigkeit vorwärtszugehen. Die eklektischen Sprüche der Alten verdrängten immer mehr die biblischen; doch hinderte das nicht die Wirkung, die auch hier und da ein tief aus der Seele gegriffenes und in die Seele gesprochenes Wort eines Hagiographen tat.

In dieser Periode gab ich dem jetzigen Professor Höpfner in den Anfangsgründen der hebräischen Sprache Stunde, und wir haben nachher manchmal darüber gelacht, nachdem mir der Schüler als Herausgeber des Golius so gewaltig zu Kopfe gewachsen war. Zuweilen setzt mir's wohl der Eitelkeitsteufel in den Sinn, daß er meiner guten Unterrichtsmethode im Anfange den schnellen Fortgang nachher verdanke.

Die gegenseitige Unzufriedenheit zwischen mir und dem Rektor stieg immer höher. Ich ging durchaus nicht seinen Weg, und er wollte mich den meinigen nicht gehen lassen. Moralische Fehler, außer etwas Geiz, habe ich an dem Manne nicht wahrgenommen; aber desto mehr Grillen und psychologisch-pädagogische Irrtümer und Schwachheiten. Überdies machte mir mein Stubenfreund, Herr Korbinsky, ein Schüler Fischers und ein gewaltiger Purist, dessen lateinischen Stil verdächtig, und man weiß, was eine Sünde hierin bei einem Schulrektor für ein Piaculum ist. Herr Korbinsky hätte wohl besser getan, mir darüber keine Silbe zu sagen, zumal da die Sache ihre Richtigkeit hatte. Man weiß, daß Quisquilien die Welt mehr hudeln als Sachen vom größten Belang.

Um diese Zeit war ein sächsisches Lager bei Schönau, an der Straße nach Weißenfels. Nichts kitzelt einen jungen Menschen mehr, als militärische Unternehmungen, wenn auch nur im Schattenriß, zu sehen, wo der menschliche Erfindungsgeist und die menschliche Kraft vereint mit furchtbarer Anstrengung für moralische, politische oder physische Existenz kämpfen. Einen Nachmittag hatte ich Erlaubnis erhalten hinauszugehen, zu schauen. Ich hatte einen Verwandten im Lager, steckte meinen Julius Cäsar zu mir, um doch auch etwas Militärisches an mir zu haben, und wandelte auf und davon. Im Lager traf ich, ich weiß nicht wo, den Grafen Hohenthal, der mir seinen Beifall über meine Neugierde zeigte und nichts gegen meinen Wunsch hatte, die Nacht hierzubleiben und das Manöver des folgenden Tages zu sehen. Diese Erlaubnis oder Quasierlaubnis, denn eigentlich mußte sie vom Rektor kommen, dehnte ich auf zwei Nächte aus und war in einer ganz neuen Welt, an die bisher meine Phantasie nur wenig gedacht hatte. Ich hatte damals schon mathematischen Sinn genug, mich um den glänzenden blitzenden Donnereinbruch der Reiterei weniger zu bekümmern, obgleich mein Vetter Dragoner war, und meine ganze Aufmerksamkeit auf die Behandlung und Bewegung des Geschützes und den Marsch, vorzüglich der Grenadierbataillone, zu richten. Das mucrone res agitur, ubi ad triarios rediit schwebte mir bei jeder Gelegenheit aus den Alten vor, und so verschieden auch unser Kriegssystem von dem ihrigen ist, hierin kommt es ganz gewiß mit demselben überein, wie die ganze Geschichte aller Feldzüge lehrt. Ohne eben Neigung zum Soldatenstande zu haben, las und studierte ich doch schon unwillkürlich solche Bücher, wo der Riesenkampf der menschlichen Natur hell und lebhaft geschildert war, und das fand ich mehr bei den Alten als bei den Neuern und finde es noch. Als ich nach Hause kam, runzelte der Rektor die Stirne und beutelte das Maul mehr als gewöhnlich, sagte aber sehr wenig, und es schien, als ob er mich als einen Refraktarium aufgegeben hätte. Da ich mein Unrecht fühlte, suchte ich durch Fleiß gutzumachen; da aber dieser Fleiß doch nicht über seinen Stock geschlagen war, konnte ich damit nichts gewinnen. Ich erhielt um die nämliche Zeit ein Schulstipendium von zehn Talern. „Wir haben zwar Talente und sind nicht müßig“, sagte er mir beim Aufzählen; „aber unsere Sitten haben diese Belohnung kaum verdient.“ Nun machte er Miene, das Sümmchen wieder einzustreichen und es mir zu vier und vier

Groschen gelegentlich für die kleinen Bedürfnisse zuzustellen, als ich ihm sagte, der Graf, mein Wohltäter, wolle mir dieses Geld als Aufmunterung zur eigenen Verwendung überlassen und für das Übrige Sorge tragen. Das schien er nicht zu billigen, wollte aber doch nichts dagegen haben. Ich erhielt das Geld, und da das für mich eine ungeheure Summe war, dünkte ich mir damit wenigstens ein Krösus zu sein. Vor allen Dingen wurde Obst gekauft, dann Bücher, hier und da einem Armen reichlicher mitgeteilt; dann ging es zum ersten Male in die Komödie. Man kann sich denken, wie lange und wie weit ich reichte. Meine Mutter brauchte damals nichts und wollte durchaus nichts als eine Kleinigkeit nehmen, um meine Gutmütigkeit nicht zu beleidigen, wie sie sich ausdrückte. Da sie von meinen Bedürfnissen wenig verstand, so konnte sie über meine Verwendung bestimmt weder Billigung noch Mißbilligung äußern. Man denke, wie ich kaufte. Ich kaufte, ich glaube vom jetzigen Professor Schäfer, der mein Schulnachbar war, eine Geschichte oder Geographie, in neunzehn Bänden, ich weiß nicht von welchem alten Knaster, für einen Speziestaler. Schäfer war froh, daß er das Schweinsleder loswurde, um Platz zu bekommen; und doch studierte ich in den Schwarten so ungeheuer, um die Lücken auszufüllen, daß ich wirklich glaube, ich habe daraus mehr gelernt als aus manchem langen Collegio von viel Zeit und für viel Geld. Als ich anfing, das Buch taxieren zu lernen, schaffte ich es mit wenig Verlust und viel Gewinn wieder fort.

Das erste Theaterstück, das ich sah, war Ariadne auf Naxos, von Benda, die damals neu war. Der bekannte mythologische Text rührte mich wenig; aber desto mehr die allgewaltige Magie der Musik, verbunden mit der schönen Darstellung und der mir ganz neuen zauberähnlichen Maschinerie. Das Letzte verschwand bald; aber die Wirkung der Musik blieb und ist geblieben, und noch jetzt kenne ich in der ganzen Peripherie meiner musikalischen Literatur nichts Lieblicheres als Bendas Morgenröte und nichts Malerischeres als seinen Sonnenaufgang in diesem Stücke. Noch jetzt, wenn es mir bei musikalischen Freunden recht heimisch gemütlich ist, pflege ich zum höchsten Genuß eines seligen Viertelstündchens mit dem Notenbuche in der Hand zu kommen: „Kinder, bringt mir die Morgenröte und laßt mir die Sonne aufgehen!" und nach dem Vortrage und der Aufnahme dieser Stellen die Seelen zu beurteilen. Die Theaterneigung bemächtigte sich bald meiner bis zur Epidemie, vorzüglich als ich zur Akademie überging.

Der letzte Vorfall, der wahrscheinlich meine Entfernung von der Schule bestimmte, war folgender. Wir lasen Xenophons Denkwürdigkeiten, ich mochte wohl etwas zerstreut gewesen sein, der Rektor war wegen einer andern Veranlassung schon aufgebracht und heftig; er wendete sich unversehens und kurz zu mir und verlangte die grammatische Auflösung eines schweren Wortes; ich machte sie; er schien schon in der Übereilung zu sein und fuhr mich hart epanorthotisch an: „Man ist nie, wo man sein soll; es ist der Infinitiv in diesem und diesem Tempus." Es war freilich augenscheinlich der Infinitiv; über das Tempus war Differenz. Er fuhr im Hermeneutisieren fort, ich setzte mich, brummte ungläubig und suchte meine alte Grammatik aus dem Winkel hervor, wo ich denn fand, daß ich recht hatte. Das zeigte ich höchstwahrscheinlich selbstgefällig genug meinem Nachbar: „Was hat man schon wieder?" stürzte der Rektor auf mich zu. „Herr Rektor", erwiderte ich ganz gelassen, „ich wollte mich bloß überzeugen, daß ich recht hatte." Das brachte den Mann ganz aus seiner Fassung, er stürmte und wütete und wollte mich ins Karzer führen lassen. „Herr Rektor, bedenken Sie", sagte ich ganz ruhig, „es könnte einige Folgen haben." Er überlas die Periode noch einmal, besann sich und ließ mich ohne Antwort sitzen.

Die ganze Klasse war stutzig. Ich wollte heute noch die Stelle im Buche wiederfinden. Nach der Stunde ließ er mich rufen, stellte mir etwas gelinde meine widerspenstige Sinnesart vor und gab mit einigen philosophischen Apophthegmen seinen Irrtum zu. Die Neckerei und das halbe Subordinationswesen war mir höchlich zuwider; ich kam förmlich mit der Bitte beim Grafen ein, mich noch einige Zeit nach Grimma oder Pforte zu schicken; hier würde ich nunmehr meine Zeit ohne großen Nutzen zubringen. Man war anfangs mit meiner Unzufriedenheit eher unzufrieden, mochte aber doch bei näherer Nachfrage finden, daß ich so ganz Unrecht nicht hatte, und beschloß eine Änderung zu machen. Auch wenn ich nicht Recht gehabt hätte, wie das vielleicht hier und da der Fall war, forderte es die richtige psychologische Pädagogik, meinen Wünschen nachzugeben und es auf eine andere Weise mit mir zu versuchen. Außer etwas Chorgesang in den öffentlichen Stunden hatte man mich weiter keine Musik treiben lassen, und ich sah daraus, daß man es mit mir nicht auf die Schulmeisterei anlegte. Ohne eben damit unzufrieden zu sein, bedauerte ich doch im stillen, daß ich eine so ganz unmusikalische Seele bleiben sollte; zumal da ich glaubte und noch glaube, daß in meinem Geiste sehr viel sehr schöne eigentümliche Musik zu wecken gewesen wäre. Ich selbst konnte den zweckmäßigen Unterricht nicht erschwingen. Ich gerate bei lebendigen, tief gegriffenen und tief eindringenden, einfach großen Stellen in die größte Rührung, wie das bei Mozart und Haydn und Händel und Bach und einigen andern oft der Fall ist; und eine lange, bloß künstliche Tonverstrickung läßt mich unbeschäftigt und leer.

Man schickte mich zu Morus und Wolf in die Prüfung. Der Erste ist nachher immer mein guter väterlicher Lehrer geblieben und ward sodann mein Freund bis an seinen Tod; es wäre unnötig, hier seinen moralischen und wissenschaftlichen Wert zu preisen. Von dem zweiten, der ein vortrefflicher Lateiner als Ernestis Schüler war, hielt mich die strenge asketische Orthodoxie des Mannes mehr entfernt. Was sie meinen Kenntnissen für ein Zeugnis gaben, weiß ich nicht, ich erhielt es versiegelt; es kann aber nicht ungünstig gewesen sein: denn statt mich noch auf eine Schule zu schicken, wurde ich sogleich auf die Universität getan. Und so war ich denn in einer Zeit von ungefähr drei Jahren ein wilder, unwissender Landjunge, ein gänzlicher Analphabete und Leipziger Student; das ging freilich ein wenig rasch. „Alles recht gut", sagte mir der wackere Forbiger, als ich Abschied nahm, „nur etwas zu früh!" Ein Urteil, das ich selbst gern unterschrieb. Martini entließ mich mit Kälte und Würde, ohne jetzt weitere Empfindlichkeit zu äußern. Korbinsky blieb mein Stubenkamerad, und Studienleiter, ohne weitere Verbindlichkeit auf beiden Seiten. Ich danke der Gesellschaft dieses Mannes manche besseren Einsichten in die Alten und manchen guten Wink, den ich nachher benutzte. Er starb zu früh als Prediger in Waldheim, ich fürchte als Opfer des unmäßigen Tabakrauchens bei seiner schwachen Brust; er wäre gewiß ein ausgezeichneter Orientalist geworden.

Nun tummelte ich mich in der Freiheit herum und brauchte sie zwar nicht ganz weise, aber doch so, daß man es eben nicht Mißbrauch nennen konnte. Ich hatte nachzuholen, das fühlte ich, und tat es redlich und gewissenhaft: nicht eben durch viele Kollegien, sondern durch eigenen sehr hartnäckigen Fleiß. Vorher hatte ich die Alten nur fragmentarisch gelesen; jetzt fing ich an, sie strenge ganz durchzugehen. Da ich nun Philolog zu werden gedachte, bekümmerte ich mich weniger um das Partikelwesen und die Sprachnuancen: das kommt nach und nach unmerklich von selbst; sondern es beschäftigten mich die Sachen und die Sprache nur, insofern sie zur Sache gehörte und recht schön war. Über die Griechen hörte ich weniger; und doch tat ich in denselben mehr und war lebendiger in ihnen als in den Lateinern, weil mich ihr Geist besser ansprach. Oft pflegte ich und pflege noch jetzt halb im Scherz, halb im Ernste zu sagen: Was ich Gutes an und in mir habe, verdanke ich meiner Mutter und dem Griechischen. Die dicken Ausgaben mit einem Sumpfe von Noten waren mir als Zeitverderber verhaßt, und meine Meinung, wer mit gehörigen Sprachkenntnissen noch eine große Erklärung einer Horazischen Ode braucht, für den hat Horaz gar nicht geschrieben. Die schönsten Stellen sind immer die einfachsten, und es ward mein ästhetisches Glaubensbekenntnis: Wer nicht in wenig Worten ein rührendes Gedicht, in wenig Strichen eine schöne Zeichnung und in wenig Takten eine vielwirkende Musik hervorbringe, sei nie der Liebling der Musen gewesen. So fiel mir damals das dickbeleibte Buch, Fischers Anakreon in die Hände, wo des Dichters Grazien in einem Ozeane von Notenkrämerei zugrunde zu gehen in Gefahr sind. Man findet nichts; und doch lockte die Neugier alle Augenblicke nachzusehen. Könnte ich Anakreon nicht besser genießen als durch Fischer, ich ließe sie beide, den alten und den neuen Griechen, bei den Käseweibern liegen. Deswegen verkenne ich Fischers große Verdienste um Literatur und Pädagogik gar nicht. Ich genieße vielleicht, ohne es zu wissen, manches, was die Frucht seiner trockenen, schweren Arbeit war.

Von den Kollegien, deren ich mich aus dieser Periode mit vorzüglichem Vergnügen erinnere, waren Morus' Vorlesungen über die Annalen des Tacitus unstreitig das erste. Er war ein Muster von Exegeten in jeder Rücksicht, ausgenommen vielleicht in der Theologie, wo er mit ängstlicher Ehrlichkeit zu sehr an der vorgeschriebenen Formel hing: und so wacker der Mann als Theolog war, hat nach meiner Überzeugung die Theologie an ihm doch nicht so viel gewonnen als die Philologie verloren. Ein sehr gewöhnlicher Mißgriff auf den meisten Universitäten, der auf der Einrichtung beruht! Morus überschüttete uns nicht mit einer Sündflut philologischer Quisquilien, sondern machte seine Bemerkungen kurz, bündig und gediegen, wie sein Autor den Text; er las nicht für Knaben und war nicht schuld, wenn er nicht verstanden wurde. Seine Übersetzung war ein durchdachtes Meisterstück; ich habe nie eine bessere gelesen: dazu wurde sie noch durch einen selbst tiefgefühlten Vortrag und einen Ausdruck großer Herzlichkeit gehoben.

Das Griechische des Neuen Testaments wollte mir nach dem Honig der attischen Biene nicht schmecken. Die Barbarismen, Solözismen und das halb morgenländische Wesen, wovon es voll ist, stießen mich immer zurück, und es gehörte der schöne, begeisterte Enthusiasmus Jesu und die liebenswürdige Moral seiner Lehre durch seine Schüler dazu, um mir es wieder in die Hände zu geben. Des Hebräischen hörte ich bei Dathe sehr viel und sehr fleißig, und ich erinnere mich, daß ich damals Dutzende Psalmen und ganze Kapitel aus den andern Büchern auswendig wußte. Es war bloß Bedürfnis des Wissens, und um nicht hinter den andern zurückzubleiben. Und doch hätte mir das Hebräische bald einen übeln Handel zugezogen. Ich wohnte bei einem Bäcker, wo Mutter und Tochter, ganz angenehme Stückchen Erbsünde, fast immer in ihrem offenen Laden Gesellschaft von jungen Leuten bei sich sahen, die bei ihnen ihr Frühstück hielten. Ich war bis in mein vierundzwanzigstes Jahr ziemlich düster und grämelnd und bekümmerte mich wenig um das Geschlecht. Mein Aufzug war meinen Umständen angemessen und wohl weder glänzend noch zierlich; ich hatte damals einen großen, schweren hebräischen Kodex, ich glaube von van der Hoogt, an dem ich hin und her schwitzte. Ein Edelmann aus Thüringen, der wohl auch einmal vor einer hebräischen Schule vorbeigelaufen sein mochte, glaubte, er habe das Privilegium, den jungen Theologaster zu hänseln, und rief mir beim Durchgehen Mosheh veh Kalephedan (eine Regel aus der Grammatik) zu. Einmal und zweimal litt ich das ruhig, das dritte Mal kehrte ich mich um und sagte ihm, was zu sagen war. Er antwortete nicht artig, ich erwiderte nicht sanft, und meinte, die Sache sei ohne Worte gehörig zu schlichten; er mußte zufrieden sein, und ich war im Begriff, den Degen zu holen, um ihm zu folgen: da stürzten die Damen, Mutter und Tochter, als Vermittlerinnen herbei und ließen nicht eher nach, bis sie die hebräischen Streithähne mit gehörigen Gründen auseinandergebracht hatten. Von nun an ließ mich der Baron ruhig fürbaß ziehen; das hätte er auch vorher tun können und sollen.

Jedermann, der mich so Hebräisch treiben sah, mußte glauben, ich würde wenigstens der zweite Michaelis werden oder gar ein neues eigenes morgenländisches Licht; es dauerte aber nicht lange: und seit der Zeit habe ich diesen Artikel so ganz vergessen, daß ich kaum mehr weiß, was Schwa und Mappik und Kal und Hithpael ist; denn ich glaube, ich habe seit 1780 kaum wieder eine hebräische Zeile gelesen.

Ich hatte zur Unterhaltung meines Leibes monatlich fünf Taler. Es war damals zwar beträchtlich wohlfeiler als jetzt; doch kann man bedenken, daß ich mit dieser Summe nicht sehr ins Weite greifen oder sybaritisieren konnte. Aber ich hatte auch keine Bedürfnisse, die ich damit nicht hätte befriedigen können, außer der verdammten Theaterepidemie, die sich meiner damals in einem hohen Grade bemächtigt hatte. Ich weiß, daß ich damals monatlich gegen vier Taler ins Theater getragen habe; man denke sich nun dabei meine Kost. Mehrere Tage aß ich trockene Dreilinge, um nur einige Lieblingsstücke zu hören und vorzüglich Reinekes Vortrag zu genießen. Als ich diesen Mann das erste Mal sah, gab er die unbedeutendste Rolle von der Welt, einen Bedienten, der einen Brief zu bringen und kaum sechs Worte zu sprechen hatte. Seine ersten Schritte zeigten, wer er war, und jedes Wort gab ihm seinen Rang. Ich, obgleich damals noch ziemlich Idiot, ärgerte mich über den Mißgriff der Direktion und setzte ihn sogleich bei mir als den ersten Mann der Gesellschaft nieder. Er hatte bloß einmal gemächlich ausruhen wollen, und ich sah ihn einige Tage nachher in seiner bessern Sphäre. Es gewährt mir noch immer einen hohen Genuß in der Erinnerung, diesen Liebling der Natur und der Muse gesehen zu haben. Es konnte von ihm gelten, was Hamlet von seinem Vater sagte: „Das ist ein Mann!" Die deutsche Bühne hat allerdings Künstler von größerem Verdienst, aber wohl schwerlich von größerem Wert. Seine letzte Rolle schwebt noch lebendig vor meiner Seele. Er gab Hamlets Geist, und sein „Schwört, schwört auf sein Schwert!" war ein ganzes Stück wert. Seit der Zeit habe ich immer und überall kaum Hamlets Gespenst, nie seinen Geist wieder gesehen.

Um diese Zeit fielen mir die Engländer Shaftsbury und Bolingbroke in die Hände, oder vielmehr ich ihnen; man kann sich die Wirkung denken. Die Kirchenformel und meine ehemalige echt orthodoxe Exegese hielten mich nur noch an sehr schwachen Fäden. Mein Stubengeselle Korbinsky hatte einige Freunde, mit denen er dann und wann etwas freimütig über die Wolfenbüttler Fragmente sprach. Einige Artikel aus dem Bayle hatte ich auch schon gelesen. Alles dieses half meinen eigenen skoptischen Ideengang ordnen oder mich verderben, wie meine orthodoxen Freunde meinten. Es war zum Durchbruch gekommen; nur wagte ich nicht, etwas laut werden zu lassen. Ich glaubte nur, was ich begriff, und ich begriff von den Kirchendogmen nur sehr wenige. Magister Schmidt, der Mittelsmann zwischen mir und dem Grafen und mein wirklich väterlicher Freund, aber ein heftiger Kirchenorthodoxer, hatte, ich weiß nicht wie, doch etwas erfahren, und nahm mich nach seiner Weise sehr warm vor. Der Klagepunkte waren viele, vorzüglich folgende, so viel ich mich erinnere: Ich wäre nicht ordentlich in die Kirche gegangen, und meistens nur zu Zollikofer; ich hätte mich oft gebadet; ich hätte über einige Dogmen frei und profan gesprochen. Wegen dieser Ruchlosigkeiten sah mich nun der gute Mann schon leibhaft in der Hölle brennen. Das Theater wurde nicht berührt; und das wäre doch wohl das schlimmste gewesen, weil es mich so viel Geld kostete, das ich nicht hatte. Ich leugnete nicht und verteidigte mich nicht; denn die Verteidigung hätte zu Erörterungen geführt, die noch schlimmer gewesen wären. Er goß eine bitter epanorthotische Lauge über mich aus, die ich zwar ärgerlich, aber doch geduldig abtriefen ließ. Vorzüglich drohte er mit dem Grafen, der bei dieser meiner verkehrten Sinnesart seine Hand von mir abziehen würde. Diese letzte Bemerkung war unpsychologisch und wirkte gerade das Gegenteil von dem, was sie wirken sollte. Sie machte mich stolz, statt mich demütig zu machen. Ich nahm das alles mit Stillschweigen hin, ohne Besserung zu versprechen, an die ich gar nicht denken konnte. Meine Mutter wurde gar nicht erwähnt, und doch wäre diese das wirksamste Argument gewesen. Worin hätte ich mich ändern können, ohne den bessern Sinn zu verleugnen? Wen von unsern teuern Kirchenlehrern hätte ich statt Zollikofers hören sollen? Das Bad im Flusse hielt ich für diätetisch gut und, mit Bescheidenheit gebraucht, nicht für unanständig. Daß ich frei über kirchliche Artikel sollte gesprochen haben, ist wohl möglich; aber gewiß nicht profan, ausgenommen insofern frei und profan eins ist; denn mir ist jeder Volksglaube heilig, der einem ehrlichen Manne Beruhigung gewährt, und sollte er der Philosophie noch so empfindliche Nasenstüber geben. Wer einem leidenden Wanderer seinen alten Mantel nimmt, unter dem Vorwande, er sei übel gemacht und durchlöchert, ist ein Unmensch auf alle Weise. Ich fordere alle auf, mit denen ich jemals in nähere Berührung gekommen bin, ob ich irgend über etwas gespottet habe, das einem andern ehrwürdig und heilig war.

Kurz darauf besänftigte ich den zelotischen Mann ohne Mühe durch die Bitte, mir eine Predigt zu erlauben, indem ich ihm zugleich das Manuskript zur Durchsicht überreichte. Er blätterte nur wenig darin und gab es mir mit der Gewährung der Bitte und der Bemerkung vertraulich zurück, schon das Motto gebe ihm die Versicherung, er dürfte sich auf meine Bescheidenheit verlassen. Es stand darüber, glaube ich, aus dem Quinctilian: „Pectus est quod facit disertos." Ich hielt den Vortrag in Rehbach und Knauthain mit Beifall, und meine Ketzerei schien vergessen zu sein. Desto tiefer und fester saß sie aber bei mir. Es versteht sich, daß man in der Predigt nicht die leiseste Spur davon fand. Ich weiß nicht mehr, wovon ich sprach; aber es war ein reines Thema der reinen allgemeinen Moral, wo der Mensch mit seiner bessern Natur durch sich selbst in Anspruch genommen wird. Man konnte ihr, wie Zollikofers Vorträgen, nur den Vorwurf machen, daß sie auch für Juden, Türken und Heiden passe. Übrigens maße ich mir nicht an, daß die Rede viel von den Vorzügen der Zollikoferschen gehabt habe.

Es fing nun an furchtbar in mir zu gären. Ich begriff, daß ich als ehrlicher Mann nicht auf dem Wege fortwandeln konnte. Mit jeder neuen Forschung entstand ein neuer Zweifel, und die Mystik fing an mir verhaßt zu werden, da ich sie so oft Hand in Hand mit weltlicher Klugheit gehen sah. Ich verehrte die Bibel und versagte dem moralischen Teil derselben den Eingang in meine Seele nicht. Ich verehrte Moses, Christum, aber nach meiner Weise und nicht nach dem System. Heuchelei war mir unerträglich; ich sagte immer nur, was ich dachte, ob ich gleich nicht alles sagte, was ich dachte. Das heilige Palladium der Menschennatur sind die Gedanken unter der Ägide der Vernunft, und es wird hoffentlich niemals jemand gelingen, es zu zerreißen.

Meine Lage war sehr prekär und hing von der zufälligen Überzeugung anderer ab. Es war natürlich, daß endlich der Graf alles erfahren mußte; und das schlimmste war, nicht so lebendig, wie es in meinem Innern lag. Ohne seine Unterstützung konnte ich nicht in den Wissenschaften fortleben. Ich wollte der Katastrophe zuvorkommen, zog mich in mich selbst zurück und faßte den Entschluß, auf allen Fall meine eigene Kraft zu versuchen. Das konnte in Leipzig und überhaupt im Vaterlande nicht geschehen. Nach vielen Kämpfen, die mir allerdings wohl das Ansehen eines Melancholischen geben mochten, ging ich auf und davon, ohne einen fest bestimmten Vorsatz, wohin und wozu. Ich nahm mein Monatsgeld, verkaufte einige Bücher, die etwas Wert hatten, und nach Abzahlung meiner kleinen Schulden, die ich notwendig haben mußte, blieben mir ungefähr neun Taler. Mit diesen dachte ich schon nach Paris zu kommen und mich umzusehen, was da für mich zu tun sei. Von dort aus – wer sieht nicht gern zuvor Paris? – dachte ich nach Metz in die Artillerieschule, da ich eben damals angefangen hatte, etwas ernsthaft Französisch und Mathematik zu treiben. Das übrige überließ ich billig dem Schicksal.

Das Traurigste war der qualvolle Gedanke an meine Mutter; und ich muß bekennen, daß ich mir alle, obwohl vergebliche Mühe gab, ihn zu unterdrücken, da ich die Unmöglichkeit sah, meine Sinnesart zu ändern und die Unmöglichkeit, bei dieser Sinnesart als ehrlicher Mann hier zu bleiben. Sie war zwar keine Zelotin und würde mich nicht sogleich verdammt haben; doch würde ihr ruhiges Wesen es widersprechend gefunden haben, daß ein Kopf sich nicht bei dem beruhigen könne, wobei sich so viele Hunderttausende ehrsam beruhigen. Auf alle Fälle würde ihr, meine Lage, wenn ich geblieben wäre, fast ebenso schmerzlich gewesen sein als meine Entfernung. Ich ging also nach Berichtigung meiner Schulden fort, ohne irgend jemand eine Silbe gesagt zu haben. Den Degen an der Seite, einige Hemden auf dem Leibe und im Reisesacke und einige Klassiker in der Tasche, marschierte ich zwar ganz rüstig und leicht, aber nichts weniger als ruhig durch die Dörfer nach Dürrenberg, setzte dort über die Saale, ging über das Schlachtfeld bei Roßbach und blieb die erste Nacht in einem kleinen Dorfe bei Freiburg, das, glaube ich, Zeugefeld hieß. Hier schrieb ich in meiner Verlassenheit und mit schwerem Gefühl abends eine gar rührende Elegie über meinen Zustand. Sie gehört zu den Heiligtümern meiner Seele; niemand hat sie gesehen, und sie hat sich bald aus meinem Taschenbuche verloren, so wie meine Stimmung sich erheiterte und einen etwas stoischen Takt erhielt. Den zweiten Abend blieb ich in einem Dorfe vor Erfurt, wo man mich mit vieler Teilnahme sehr gut, sehr wohlfeil bewirtete und mich schonend merken ließ, ich hätte wohl jemand mit dem Instrumente da, man wies auf den Degen, etwas übel behandelt und müsse das Weite suchen. Ich widersprach zwar; aber man schien doch so etwas zu glauben. In Erörterungen mochte ich mich nicht einlassen, und ihre Meinung tat mir weiter keinen Schaden. Den dritten Abend übernachtete ich in Vach, und hier übernahm trotz allem Protest der Landgraf von Kassel, der damalige große Menschenmäkler, durch seine Werber die Besorgung meiner ferneren Nachtquartiere nach Ziegenhain, Kassel und weiter nach der neuen Welt.

Ich erfuhr nachher, daß meine Entfernung in Leipzig einiges Aufsehen gemacht hatte, ob ich gleich fast immer für mich und eingezogen wie ein Klosterbruder gelebt hatte. Man hatte ungefähr vierzehn Tage vorher eine ungewöhnliche Stille und Schwermütigkeit an mir bemerkt; sehr natürlich: man machte also den voreiligen Schluß, ich habe mich ganz aus dem Leben hinausbegeben. Vorzüglich war ein alter Graf Isenburg, der gewöhnlich bei dem Grafen Hohenthal lebte und mich mit vieler Güte immer mit Zwieback gefüttert hatte, sehr beschäftigt, den eigentlichen Zusammenhang der Sache ausfindig zu machen. Der alte Herr ließ sich keine Mühe verdrießen und stieg Treppe auf und Treppe ab, wo er Nachricht von mir zu haben hoffte. Man erfuhr nichts von einem Duell, konnte sonst nichts Ungebührliches gegen mich aufbringen; meine kleinen Schulden waren, und zwar den Tag vorher, alle bezahlt. Es war natürlich, an eine Mädchengeschichte zu denken, und man nannte die Tochter eines ehrsamen Handwerkers, mit welcher ich in Vertraulichkeit sollte gelebt haben. Es war bestimmt eine Lüge; denn die Anmutung zum Geschlecht ist bei mir sehr spät gekommen. Der alte Graf ging wirklich zu dem Handwerksmanne, dessen Namen ich gar nicht erfahren habe, und trug seine Gedanken so schonend als möglich vor; aber der alte heißköpfige Spießbürger nahm die Eröffnung sehr übel auf und geriet in Versuchung, den unbefugten Nachforscher zur Ehre seiner Tochter handgreiflich die Treppe hinab zu befördern. Es blieb also den guten Leuten nichts übrig als zu glauben, der Melancholikus habe sich ein Leid angetan. In dieser Vermutung ließ man mich sogar in die Zeitung setzen; ich habe das Blatt viele Jahre nachher selbst gesehen. Daß ich meine Schulden vorher bezahlt hatte, schien mit ein starkes Argument gegen meinen Verstand zu sein: ein gräßlicher Gedanke über die Immoralität unserer Jugend!

Als der Graf durch meine Briefe aus Hessen die Geschichte, aber freilich nicht den Grund derselben erfuhr, schien er es für eine gewöhnliche Albernheit zu halten und mich für einen Menschen zu nehmen, den man seinem guten oder bösen Genius überlassen müsse. Ich hatte im allgemeinen nur Drang, die Welt zu sehen, vorgeschützt und nur wenige Hindeutungen auf mein inneres Ich angegeben. Wozu sollten Erörterungen und Auseinandersetzungen führen, die niemandem frommen konnten? Die Herren würden gedacht haben: contra principia negantem non est disputandum. Also war ich eine Prise des Schicksals und mußte nun werden, wozu ich an der Hand desselben mich selbst machte.

Man brachte mich als Halbarrestanten nach der Festung Ziegenhain, wo der Jammergefährten aus allen Gegenden schon viele lagen, um mit dem nächsten Frühjahr nach Fawcets Besichtigung nach Amerika zu gehen. Ich ergab mich in mein Schicksal und suchte das Beste daraus zu machen, so schlecht es auch war. Wir lagen lange in Ziegenhain, ehe die gehörige Anzahl der Rekruten vom Pfluge und dem Heerwege und aus den Werbestädten zusammengebracht wurde. Die Geschichte und Periode ist bekannt genug: Niemand war damals vor den Handlangern des Seelenverkäufers sicher; Überredung, List, Betrug, Gewalt, alles galt. Man fragte nicht nach den Mitteln zu dem verdammlichen Zwecke. Fremde aller Art wurden angehalten, eingesteckt, fortgeschickt. Mir zerriß man meine akademische Inskription als das einzige Instrument meiner Legitimierung. Am Ende ärgerte ich mich weiter nicht; leben muß man überall: wo so viele durchkommen, wirst du auch: über den Ozean zu schwimmen war für einen jungen Kerl einladend genug; und zu sehen gab es jenseits auch etwas. So dachte ich. Während unseres Aufenthalts in Ziegenhain brauchte mich der alte General Gore zum Schreiben und behandelte mich mit vieler Freundlichkeit. Hier war denn ein wahres Quodlibet von Menschenseelen zusammengeschichtet, gute und schlechte, und andere, die abwechselnd beides waren. Meine Kameraden waren noch ein verlaufener Musensohn aus Jena, ein bankerotter Kaufmann aus Wien, ein Posamentierer aus Hannover, ein abgesetzter Postschreiber aus Gotha, ein Mönch aus Würzburg, ein Oberamtmann aus Meiningen, ein preußischer Husaren-Wachtmeister, ein kassierter hessischer Major von der Festung und andere von ähnlichem Stempel. Man kann denken, daß es an Unterhaltung nicht fehlen konnte, und nur eine Skizze von dem Leben der Herren müßte eine unterhaltende lehrreiche Lektüre sein. Da es den meisten gegangen war wie mir oder noch schlimmer, entspann sich bald ein großes Komplott zu unserer aller Befreiung. Man hatte so viel gutes Zutrauen zu meinen Einsichten und meinem Mut, daß man mir Leitung und Kommando mit uneingeschränkter Vollmacht übertrug; und ich ging bei mir zu Rate und war nicht übel willens, den Ehrenposten anzunehmen und die fünfzehnhundert Mann auf die Freiheit zu führen und sie dann in Ehren zu entlassen, einen jeden seinen Weg. Außer dem glänzenden Antrage kitzelte mich vorzüglich, dem Ehrenmanne von Landgrafen für seine Seelenschacherei einen Streich zu spielen, an den er denken würde, weil er verteufelt viel kostete. Als ich so ziemlich entschlossen war, kam ein alter preußischer Feldwebel zu mir sehr vertraulich. „Junger Mensch“, sagte er, „Sie eilen in Ihr Verderben unvermeidlich, wenn Sie den Antrag annehmen. Selten geht eine solche Unternehmung glücklich durch; der Zufälle, sie scheitern zu machen, sind zu viele. Glauben Sie mir altem Manne; ich bin leider bei dergleichen Gelegenheiten schon mehr gewesen. Sie scheinen gut und rechtschaffen, und ich liebe Sie wie ein Vater. Lassen Sie meinen Rat etwas gelten! Wenn die Sache glücklich durchgeht, werden wir nicht die letzten sein, davon Vorteil zu ziehen.“ Ich überlegte, was mir der alte Kriegsmann gesagt hatte, und unterdrückte den kleinen Ehrgeiz, entschuldigte mich mit meiner Jugend und Unerfahrenheit und ließ die Sache vorwärtsgehen. Der Kanonier-Feldwebel hatte recht; es wurde alles verraten; ein Schneider aus Göttingen, der ein Stimmchen sang wie eine Nachtigall, erkaufte sich durch die Schurkerei eine Unteroffizierstelle bei der Garde, und da man ihn dort gehörig würdigte und er des Lebens nicht mehr sicher war, die Freiheit und eine Handvoll Dukaten. Ich erinnere mich der Sache noch recht lebhaft. Alle Anstalten zum Ausbruch waren getroffen. Wir lagen in verschiedenen Quartieren, in den Kasernen, dem Schlosse und einem alten Rittersaale. Man wollte um Mitternacht auf ein Zeichen ausziehen, der Wache stürmend die Gewehre wegnehmen, was sich widersetzte, niederstechen, das Zeughaus erbrechen, die Kanonen vernageln, das Gouvernementshaus verriegeln und zum Tore hinausmarschieren. In drei Stunden wären wir in Freiheit gewesen; Leute, die den Weg wußten, waren genug dabei. Als wir aber den Tag vorher abteilungsweise auf den Exerzierplatz kamen, fanden wir statt der gewöhnlichen zwanzig Mann deren über hundert, Kanonen auf den Flügeln mit Kanonieren, die brennende Lunten hatten, und Kartätschen in der Ferne liegend. Jeder merkte, was die Glocke geschlagen hatte. Der General kam und hielt eine wahre Galgenpredigt. „Am Tore sind mehr Kanonen", rief er, „wollt ihr nicht gehen?" Die Adjutanten kamen und verlasen zum Arrest: Hans, Peter, Michel, Görge, Kunz. Meine Personalität war eine der ersten; denn daß der verlaufene Student nicht dabei sein sollte, kam den Herren gar nicht wahrscheinlich vor. Da aber niemand etwas auf mich bringen konnte, wurde ich, und vermutlich noch mehr der Menge wegen, bald losgelassen. Der Prozeß ging an; zwei wurden zum Galgen verurteilt, worunter ich unfehlbar gewesen sein würde, hätte mich nicht der alte preußische Feldwebel gerettet. Die übrigen mußten in großer Anzahl Gassen laufen, von sechsundreißig Malen herab bis zu zwölfen. Es war eine grelle Fleischerei. Die Galgenkandidaten erhielten zwar nach der Todesangst unter dem Instrument Gnade, mußten aber sechsunddreißig Mal Gassen laufen und kamen auf Gnade des Fürsten nach Kassel in die Eisen. Auf unbestimmte Zeit und auf Gnade in die Eisen, waren damals gleichbedeutende Ausdrücke und hießen soviel als *ewig ohne Erlösung.* Wenigstens war die Gnade des Fürsten ein Fall, von dem niemand etwas wissen wollte. Mehr als dreißig wurden auf diese Weise grausam gezüchtigt, und viele, unter denen auch ich war, kamen bloß deswegen durch, weil der Mitwisser eine zu große Menge hätten bestraft werden müssen. Einige kamen bei dem Abmarsche wieder los, aus Gründen, die sich leicht erraten lassen; denn ein Kerl, der in Kassel in den Eisen geht, wird von den Engländern nicht bezahlt.

Endlich ging es von Ziegenhain nach Kassel, wo uns der alte Betelkauer in höchst eigenen Augenschein nahm, keine Silbe sagte und uns über die Schiffbrücke der Fulda, die steinerne war damals noch nicht gebaut, nach Hannövrisch-Münden spedierte. Unser Zug glich so ziemlich Gefangenen; denn wir waren unbewaffnet, und die bewehrten Stiefletten-Dragoner und Gardisten und Jäger hielten mit fertiger Ladung Reihe und Glied fein hübsch in Ordnung. Ich genoß, trotz der allgemeinen Mißstimmung, doch die schöne Gegend zwischen den Bergen am Zusammenfluß der Werra und der Fulda, die dort die Weser bilden, mit zunehmender Heiterkeit. Das Reisen macht froher, und unsere Gesellschaft war so bunt, daß das lebendige Quodlibet alle Augenblicke neue Unterhaltung gab. So ging es denn auf sogenannten Bremer Böcken den Strom hinab. Nicht weit von Hameln, glaube ich, machte man eine Absonderung der Preußen, die man nicht durch Preußisch-Minden bringen durfte, und ließ sie einen Marsch zu Lande machen, um das Preußische zu vermeiden. Da mir das zusammengedrückte, eingepökelte Wesen auf den kleinen langen Fahrzeugen nicht sonderlich behagen wollte, meldete ich mich als Preußen beim Verlesen. Der Offizier sah in die Liste und sagte: „Hier steht ja ein Sachse." „So?" sagte ich, „nun, so will ich ein Sachse bleiben." Er schwieg, ließ mich aber, nachdem alle verlesen waren, mit den Preußen aussteigen. Man stellte sich, und es ging zu Lande weiter. Ich hatte damals die Gewohnheit, ein Buch zwischen Weste und Beinkleider unter den Gürtel zu stecken. Das Buch mochte diesmal etwas zu stark sein und den Leib unförmlich machen. „Was Teufel, ist der Kerl schwanger?" sagte ein Hauptmann Lesthen, der eben vor mir stand, und hob die Weste beim Flügel auf, und es wurde der Julius Cäsar zutage gefördert. „Was Henker, macht Er denn mit dem Buche?" fuhr er fort. „Ich lese darin", war meine Antwort. „Wo hat Er denn das Latein gelernt?" „Das Latein pflegt man gewöhnlich in der Schule zu lernen." Er schüttelte den Kopf. Ich hatte in dem Buche eine Menge Randnoten aus dem Vegez, Frontin und andern Alten und Neuen, auch wohl von mir selbst niedergeschrieben. „Von wem sind denn die Bemerkungen hier?" „Von mir, und vor mir von den angegebenen Herren." Er sah mich fest an und endigte mit dem spöttischen Abschied: „Er wird wohl einmal ein recht großer Mann werden." „Schwerlich", sagte ich; „das ist unter den Deutschen gar nicht wahrscheinlich: aber wenigstens will ich nicht schuld sein, daß es nicht wird." Nun ging es fort, und ich las, ohne eben weiter einen Zweck zu denken, in den Ruhestunden zuweilen nach meiner Weise einige Kapitel, aus bloßem Bedürfnis, mich besser zu beschäftigen, als ich in meinen Umgebungen sonst wohl konnte. Hier entspann sich in einem Nachtquartiere wieder ein Komplott und sollte der Kürze wegen, und da unsere Bedeckung nicht sehr stark war, sogleich ausgeführt werden; ich habe aber die Beschaffenheit desselben nicht recht erfahren können. Diese Rekrutenabteilung bestand aus lauter preußischen Landeskindern und preußischen Deserteuren, die beständig vom alten Fritz und Seidlitz und Schwerin sprachen und sich nichts Kleines dünkten. Aber weiß der Himmel, wie es war laut geworden: der kommandierende Offizier requirierte sogleich die ganze bewaffnete Bürgerschaft und die Bauern aus der Gegend, machte echt militärische Miene, uns in der alten Kirche, wo wir lagen, zusammenzuschießen; und es ging alles wieder ganz ruhig bis an die Weser auf die Bremer Böcke. Hier half mir meine stoische Genügsamkeit und meine Humanität einen Streich machen, der mir in meiner Sphäre zu keiner kleinen Ehre gereichte. Gewinnsucht und Leidenschaft regiert, wie bekannt, die Welt. Damit wir nicht verhungerten, hatte ein Entrepreneur, ein Marketender im großen, für keine kleine Summe sich anheischig gemacht, uns zu beköstigen. Man weiß, wie es geht. Wir wollten soviel als möglich essen, und er wollte soviel als möglich gewinnen, welches sich zusammen nicht wohl vertrug. Fast unsere ganze Löhnung ging auf die Menage, und der Klagen liefen bei dem Obersten von Hatzfeld, der den Transport kommandierte, viele ein. Der Mann hatte ein Gefühl für Recht und tat, was er konnte, den Speisewirt zur guten Behandlung zu nötigen. Da Ermahnungen bei Gewinnsüchtigen gewöhnlich vergeblich sind, wurden wechselweise von dem Transport nach den Schiffen Deputierte gewählt, die auf dem Kochschiffe nach dem Rechten sehen sollten. Indes es ging mit den Deputierten wie im englischen Parlament. Dort besticht man mit Guineen, Stellen und Pensionen; hier bestach man mit Wein, Schnaps und Kuchen, und so ging es denn, hier wie dort, nicht viel besser als vorher. Als die Reihe mein Schiff traf, wurde ich von der Rekrutenschaft einstimmig zum Deputierten erwählt. Auf dem Kochschiffe wollte man mich, wie gewöhnlich, höflich mit dem Weinglase empfangen und mit Konfekt in der Kajüte halten. „Ich habe gefrühstückt", war mein Bescheid und blieb bei den Kesseln stehen, um zu sehen, daß die gehörige Quantität Fleisch und Gemüse hineinkam. Als die Kähne kamen, um zu holen, drang ich darauf, daß die Menagekessel voll gegeben wurden. „Wir werden nicht auskommen", sagte man. „Wir werden wahrscheinlich auskommen", sagte ich, „auf meine Gefahr"; denn so viel hatte ich noch rechnen gelernt. Es blieb viel übrig, ich ließ zum zweiten Male holen, und alle erhielten eine sehr gute Mahlzeit. Noch blieb viel übrig; doch nicht so viel, daß man noch einmal von vorn hätte anfangen können. Da kamen unsere Zwangswächter, die Dragoner, vom Ufer mit ihren Töpfen. Eine vorlaute, schnippische Köchin wollte austeilen und von den armen Teufeln Weißpfennige dafür einnehmen. „Was soll das?" rief ich, „das Essen ist unser, wir haben es bezahlt; die Leute müssen den Rest unentgeltlich haben." Das Liebchen ward böse, und ich ergriff im Amtseifer den Schöpflöffel und teilte aus bis auf den Boden, ohne einen Heller zu nehmen oder nehmen zu lassen. Die alten Kerle drückten mir freundlich die Hand. „Wir sehen leider deutlich genug", raunte mir einer zu, „wie ihr betrogen werdet; können aber nicht helfen." Als die belobte Kesselprinzessin es noch einmal wagte, mich zu stören, schlug ich sie im Ärger so heftig mit der Schöpfkelle auf die Hand, daß sie laut schreiend und drohend zum Prinzipal in die Kajüte sprang. Da man mich aber so fest entschlossen sah, unterstand man sich nicht, mich weiter anzutasten. Ich bekam vom Ufer und von den Böcken eine Menge Dankadressen, mit der Versicherung, daß man noch nicht so gut und so reichlich gespeist habe, und diese Dankadressen hatten wohl wenigstens einen ebenso guten Grund als die im Parlamente. Man nehme es, wie man will, ich halte diesen Tag für einen der schönsten meines Lebens, und das

Bewußtsein macht mich stolz, daß ich als erster Volksdeputierter, trotz jeder Versuchung, Schmeichelei oder Drohung, mit ebender beharrlichen Entschlossenheit würde gehandelt haben. Die Sache lief unter den Offizieren herum, und ein jeder machte seine Glossen darüber nach seiner Sinnesweise. Die Reihe, Deputierter zu sein, kam nicht wieder an unsern Bock, also auch nicht wieder an mich.

So fuhren wir denn den ganzen Strom hinab von Münden bis zu Bremerlee, wo uns die englischen Transportschiffe erwarteten. In Münden auf der Wiese besichtigte uns der Mäkler Fawcet, und es gab von den Dragoner-Unteroffizieren und Gardisten einige freundliche Rippenstöße, weil wir nicht laut und voll und sonorisch genug: „Es lebe der König!" schrien. Da ich als ein kleiner Kerl im Ranzengliede, das heißt im mittelsten, stand, entging ich den Püffen, ohne eine Silbe zu sagen genötigt zu sein. Aber den Hut mußte ich wenigstens mit schwingen.

Es würde mir ein hoher Genuß gewesen sein, an der Hand eines Freundes und Geschichtskenners die Partien der Weser von Corvey bis Bremen zu besehen, wo die Schönheiten der Natur durch den Gedanken der alten, jetzt verlorenen Nationalehre magisch beleuchtet werden; aber damals war unsere Reise ein sklavisches, dumpfes Hinstarren auf die Gegenden, wo ehemals Männer für ein besseres, nicht so üppiges Vaterland kämpften. Von Varus bis zu Bonifaz herab schwebten mir dunkel die Szenen vor; Bonifaz, der mit heiliger Einfalt die heroische Tugend vertrieb und die feiner gewebte Sklaverei spann, die uns zum Spielwerk anderer gemacht hat. Von Bremen bis Bremerlee fuhren wir in andern Fahrzeugen, die schon See halten können, aber sich nicht weit von den Küsten entfernen. Unbekümmert legte ich mich abends hin und schlief mitten auf dem Strome und war sehr verblüfft, als unsere ganze kleine Flotte des Morgens am Ufer ganz trocken da saß und wartete, bis die Flut sie wieder emporhob; doch waren wir alle nicht halb so verblüfft als bei der ähnlichen Erscheinung Alexanders Soldaten auf dem Indus.

In den englischen Transportschiffen wurden wir gedrückt, geschichtet und gepökelt wie die Heringe. Den Platz zu sparen, hatte man keine Hängematten, sondern Verschläge in der Tabulatur des Verdecks, das schon niedrig genug war; und nun lagen noch zwei Schichten übereinander. Im Verdeck konnte ein ausgewachsener Mann nicht gerade stehen und im Bettverschlage nicht gerade sitzen. Die Bettkasten waren für sechs und sechs Mann; man denke die Menage. Wenn viere darin lagen, waren sie voll, und die beiden letzten mußten hineingezwängt werden. Das war bei warmem Wetter nicht kalt: es war für einen einzelnen gänzlich unmöglich, sich umzuwenden und ebenso unmöglich, auf dem Rücken zu liegen. Die geradeste Richtung mit der schärfsten Kante war nötig. Wenn wir so auf einer Seite gehörig geschwitzt und gebraten hatten, rief der rechte Flügelmann: „Umgewendet!" und es wurde umgeschichtet; hatten wir nun auf der andern Seite quantum satis ausgehalten, rief das nämliche der linke Flügelmann, und wir zwängten uns wieder in die vorherige Quetsche. Das war eine erbauliche, vertrauliche Lage, ungefähr wie im hohen Paradiese, wenn auf der Bühne des Volks Lieblingsstück gegeben wurde.

Ich habe vor vielen, vielen Jahren diese liebliche Fahrt als Ouvertüre meines Schriftstellerwesens in Archenholzens nun fast vergessenem Journal „Literatur- und Völkerkunde" mitdrucken lassen, will aber hier, um den Faden nicht zu unterbrechen, das Wesentlichste wieder hersetzen. Daß das obengenannte Menschenragout die Unterhaltung unterhielt, wird man nicht bezweifeln. Die Seele derselben war ein dort vergessener ehemaliger französischer Offizier aus dem Siebenjährigen Kriege, mit Namen Dechar, der seit der Zeit abwechselnd gemeiner preußischer Dragoner und Füsilier-Unteroffizier und Sprachmeister und Fechtmeister, Unteroffizier und polnischer Revolutionshauptmann gewesen war, abwechselnd Gassen gelaufen, unter dem Galgen gestanden und im Felde Kanonen genommen hatte, der in Frankfurt am Main und Kassel, Berlin und Warschau, Breslau und Jauer alle Winkel kannte, alles Gute und Schlechte wußte, wie ein Achill focht und wie Heliogabal fraß und soff, wie Aristarchus sprach und wie Epikurs Küchenjunge lebte. Das Leben dieses Abenteurers allein würde Stoff zu einem großen Gemälde geben. Der schlechteste, gelehrteste und traurigste Gesellschafter war der gute Exmönch aus Würzburg, von dessen entsetzlichem Ende ich hernach noch einiges sagen will.

Es war mir doch ein sonderbares Gefühl, als ich den andern Morgen auf das Verdeck trat und zum ersten Male nichts als Himmel und Wasser um mich sah. Der Ozean wogte majestätisch, und die Schiffe tanzten magisch wie kleine Spielwerke auf der unbegrenzten, ungeheuren Fläche; der Himmel war bewölkt und teilte dem Wasser seine tiefe, ernsthafte Farbe mit. Ich war wirklich in einer andern Welt und fühlte mich abwechselnd größer und kleiner, nachdem eine erhabene oder bange Empfindung eben in der Seele herrschte. So war es, als unter meinem Fuße Gewitter rollten und furchtbar schöne Zauberwelten bildeten, neben mir die schwarzroten Wolkensäulen des Ätna stürmten und über mir die milden Sonnenstrahlen Wärme umhergossen und weithin die ganze große Insel mit ihrer Fabelwelt magisch färbten. Bald kam Sturm und mit ihm die Seekrankheit. Beide waren weiter nicht gefährlich, aber doch den Neulingen furchtbar genug. Fünf von der sechsmännischen Menage waren krank; ich blieb leider allein gesund. Die Seekrankheit ist nichts als die Wirkung der ungewöhnlich heftigen Bewegung, der man nicht Einhalt tun kann. Man hat ähnliche Erscheinungen genug auf dem Lande. Reiten und Fahren, vorzüglich rücklings, Schaukeln, Karusselldrehen und ähnliche gymnastische Übungen sind die besten Vorbereitungen zu Seereisen. Die nächsten Vorkehrungen sind, wenig essen und hart und kalt, und wenig trinken und kalt und säuerlich: also ist Wurst, Schinken und dergleichen und Limonade und Wein vielleicht die gemessenste Diät die ersten Tage zur See. Ich sage, ich blieb leider gesund; auch für mich leider! Die Seeluft gibt gewaltigen Appetit; die Schiffsportionen waren klein. Da niemand aus der Menage essen konnte, hatte ich die Fülle zur Sättigung und konnte Vorrat von Zwieback sammeln, so daß ich wirklich eine ganze große Nachtmütze voll hatte. Bald kam einer und forderte seine Portion, dann der andere, dann der dritte und so fort; in kurzer Zeit war ich auf mein eigenes kleines Kontingent gesetzt. Die Genesenden waren durch die Krankheit und das Fasten gehörig auf die beschränkte Portion vorbereitet; die Gesunden hingegen hatten eine sehr unangenehme Speisekapazität gewonnen. Bald war mein kleiner Vorrat aufgezehrt, und mein Magen war bei der ganzen Portion auf ein sehr unbehagliches Halbfasten reduziert. Hier sorgte denn zufällig die freundliche Muse für ihren Zögling. Ich saß auf dem Quarterdeck und las eben Horazens „Angustam, amici, pauperiem", als der dicke Steuermann mich sehr unfreundlich von der Bank schleudern wollte. Ich brummte meine Unzufriedenheit in meinem bißchen Englisch, das ich von Rogler gelernt hatte, so gut ich konnte, und wollte hinunter in meinen Kasten schleichen, wo ich mich von niemand hudeln ließ. Der Kapitän kam dazu, guckte mir in das Buch und hieß mich sitzen bleiben. Als er einige Anordnungen gemacht hatte, kam er zurück und fing eine Art von Unterhaltung mit mir an: „You read latin, my boy?" „Yes, Sir." „And you understand it?" „I believe, I do." „Very well; it is a very good diversion in the situation, you are in." „So I find, Sir; indeed a great consolation."* So ging es denn freundlich und teilnehmend weiter. Er nahm mich mit in seine Kajüte und zeigte mir seine Reisebibliothek, die aus guten Engländern und einigen Klassikern bestand, und versprach mir, wenn ich die Bücher gut halten würde, mir zuweilen eines daraus zu leihen. Durch seine Freundschaft erhielt ich etwas mehr Freiheit auf dem Schiffe, zumal da ich etwas Vergnügen am Seewesen zeigte und in wenigen Tagen mir die Nomenklatur der Taue und Segel merkte und sehr flink und sicher oben in dem Mastwerke mit herumlief. Es war wieder das Bedürfnis der Tätigkeit, die mir allerhand kleine Vorteile schaffte und mich vorzüglich gesund erhielt. Da der Kapitän wohl merkte, daß die Schiffsportion meinem exemplarischen Appetit nicht zureichend war, ließ er mir großmütig heimlich zuweilen eine Nachtmütze voll Zwieback und Rindfleisch zukommen, welches in der Tat im eigentlichsten Verstande ein sehr wohltätiges Stipendium war.

Die Kost war übrigens nicht sehr fein, so wie sie nicht sehr reichlich war. Heute Speck und Erbsen und morgen Erbsen und Speck; übermorgen pease and pork und sodann pork and pease: das war fast die ganze Runde. Zuweilen Grütze und Graupen, und zum Schmause Pudding, den wir aus muffigem Mehl halb mit Seewasser, halb mit süßem Wasser und altem Schöpsenfett machen mußten. Der Speck mochte wohl vier oder fünf Jahre alt sein, war von beiden Seiten am Rande schwarzstriefig, weiter hinein gelb, und hatte nur in der Mitte noch einen kleinen weißen Gang. Ebenso war es mit dem gesalzenen Rindfleische, das wir in beliebter Kürze oft roh als Schinken aßen.

* „Du liest Latein, mein Sohn?" „Ja, Herr!" „Und du verstehst es?" „Ich glaube." „Sehr gut, das ist eine sehr gute Zerstreuung in deiner Lage." „Das finde ich auch, mein Herr! Es ist in der Tat ein großer Trost für mich."

In dem Schiffsbrote waren so viele Würmer, die wir als Schmalz mitessen mußten, wenn wir nicht die schon kleine Portion noch mehr reduzieren wollten; dabei war es so hart, daß wir nicht selten Kanonenkugeln brauchten, es nur aus dem Gröbsten zu zerbrechen; und doch erlaubte uns der Hunger selten, es einzuweichen; auch fehlte es oft an Wasser. Man sagte uns, und nicht ganz unwahrscheinlich, der Zwieback sei französisch; die Engländer haben ihn im Siebenjährigen Kriege den Franzosen abgenommen, seit der Zeit habe er in Portsmouth im Magazine gelegen, und nun fütterte man die Deutschen damit, um wieder die Franzosen unter Rochambeau und Lafayette, so Gott wolle, totzuschlagen. Gott muß aber doch nicht recht gewollt haben. Das schwergeschwefelte Wasser lag in tiefer Verderbnis. Wenn ein Faß heraufgeschroten oder aufgeschlagen wurde, roch es auf dem Verdeck wie Styx, Phlegethon und Kozytus zusammen: große, fingerlange Fasern machten es fast konsistent; ohne es durch ein Tuch zu seigen, war es nicht wohl trinkbar, und dann mußte man immer noch die Nase zuhalten, und dann schlug man sich doch noch, um nur die Jauche zu bekommen. An Filtrieren war für die Menge nicht zu denken. Guten, ehrlichen Landmenschen kommt dieses ohne Zweifel schrecklich vor; aber wer Feldzüge und Seefahrten mitgemacht hat, findet darin nichts Ungewöhnliches. Rum wurde gegeben und zuweilen etwas Bier, welches dem Porter ähnlich war und bei den Matrosen strong beer hieß. Da ich den ersten nicht genießen konnte, tauschte ich ihn gegen das letzte aus, welches mir Wohltat war. Zuweilen wurde mir auch eine Flasche Porter zugesteckt, da ich am Wein durchaus keinen Geschmack fand.

Stürme hatten wir oft und einmal so stark, daß uns der Aufsatz des Vordermastes und die große Raa zerbrach. Die Türmung der Wogen, das Heulen der Winde durch die Segel, das Schlagen und Klirren der Taue, das Donnern der Wellen an die Borde, das Geschrei und Lärmen des Schiffsvolks, der ganze furchtbar empörte Ozean, alles ist dem Neuling schrecklich; aber bald wird man es gewohnt und schläft ruhig unter dem Kampfe der Elemente. Der sybaritische Amtmann am Rheine, der die Nachtigallen wegschießen ließ, weil sie ihn im Schlafe störten, könnte keine bessere Kur brauchen als eine Reise über den Ozean – zumal in einem englischen Transportschiffe. Nichts gibt aber auch dem Sinn ein größeres Bild von der Kraft des menschlichen Geistes als das Regiment eines großen Schiffes. Man nehme eines aus der Linie. Man gebe ihm neunzig Kanonen; es ist noch keines von den ersten. Sie sind alle von dem größten Kaliber. Für jedes Stück habe man zweihundert Schüsse an Pulver und Kugeln: welcher Vorrat! Segel und Taue und Stangenwerk, vieles doppelt; eine Besatzung von tausend Mann, welche ungeheure Masse für ein Auge, das sie zusammen auf dem Lande sieht! Für diese Mannschaft Lebensmittel an Essen und Trinken für viele Monate. Dieses alles in einer einzigen Maschine beisammen, mit welcher die Wogen wie mit einem Federballe spielen; und dieses ungeheure Ganze führt der menschliche Geist stolz und ruhig durch empörte Elemente hin und her nach seiner Wahl. Curios Theater, die sich mit halb Rom auf einem Schwerpunkt drehten, als ob sie der Weltbeherrscher spotteten, waren kaum eine größere Erscheinung.

Wir fuhren nicht durch den Kanal und die spanische See, weil damals noch die Spanier und Franzosen dort mit Flotten kreuzten und auf uns lauerten; sondern segelten um die Inseln nördlich an den Orkaden weg. Der Sturm trieb uns weit, weit nordwärts; und der Sicherheit wegen gab man vielleicht mehr nach als nötig war. Wir konnten mutmaßlich nicht weit von Grönland sein; wir froren tief im Sommer, daß wir zitterten Tag und Nacht. Alles ging schlecht genug; wir brachten über einer Fahrt, die sonst gewöhnlich nur vier Wochen dauert, zweiundzwanzig zu. Die Portionen wurden noch knapper an Brot und Fleisch und Wasser, und meine Bekanntschaft mit dem Kapitän war mir noch wohltätiger. Krankheiten nahmen sehr überhand; doch starben von ungefähr fünfhundert Mann nur siebenundzwanzig, wenn ich nicht irre. Einige meiner näheren Bekannten waren darunter, und unter andern der Exmönch aus Würzburg. Er hatte für einen Mönch recht artige Kenntnisse, wußte viel Geschichte und Mathematik und sprach besser als gewöhnlich Latein. Er war vom Anfange an meine Zuflucht gewesen, wenn die Langeweile sich meiner zuweilen zu bemächtigen drohte; aber vom Anfange an zeigte er einen Mißmut und eine Gleichgültigkeit gegen das Leben, die ich für nichts weniger als philosophisch hielt. Perfer et obdura war schon damals eines meiner Schibbolethe, und ich hielt es billig für entehrend, mich von gewöhnlichen Streichen des Schicksals niederschlagen zu lassen. In Ziegenhain und auf dem Marsche hatte ich alle Mühe, den Kleinmütigen aufrechtzuhalten. Auf dem Flusse waren wir getrennt, und als wir auf dem Schiffe wieder zusammenkamen, hatte er so völlig Verzicht auf das Leben getan, daß keine Kraft mehr zu wecken war. Das Kloster ist freilich keine Vorbereitung zum Felde. Es fehlte ihm nichts als Lebensmut; aber Faulheit und Indolenz, die er wohl Resignation und Apathie nannte, hatten sich seiner in einem solchen Grade bemächtigt, daß er sich fast nicht mehr von der Stelle bewegte. Ein Faultier war die Tätigkeit selbst gegen ihn. „Wenn ich auch über den Ozean komme", sagte er, „so geht dort drüben das Elend erst recht an. Not und Mangel und Mühseligkeit ist die ganze Aussicht, bis uns ein Rifleman durch die Lunge schießt oder ein Mohak skalpiert." Da hatte die Klosterseele freilich nicht ganz unrecht; aber ein braver Kerl hält aus bis zuletzt; und es ist doch wohl der schändlichste Tod, aus reiner, absoluter Faulheit zu sterben. Nur im Kloster kann eine solche Gedankenmißgeburt entstehen. Er blieb entschlossen, dem Elend nicht entgegenzuleben, und mir war es eine neue Erscheinung, von welcher mir keine Erfahrungsseelenkunde etwas gesagt hatte, daß man ohne alle weitere Krankheit und Veranlassung aus bloßer Indolenz sterben könne. Kein Arzt konnte die geringste Krankheitsanzeige finden, und er klagte über nichts als über das jämmerliche Leben und die noch jämmerlichere Aussicht. Man prügelte ihn zur Bewegung, zum Luftschöpfen, zum Waschen, zum Essen sogar; ohne Prügel tat er von allem dem nichts; nur Rum trank er noch ein wenig ungeprügelt. Endlich war man das Prügeln überdrüssig und ließ ihn liegen; von dem Augenblicke an wurde nichts mehr gewaschen, gekämmt und gebürstet, und fast nichts mehr gegessen. Er lag in dem Hinbrüten des Todes. Solange ich konnte, besuchte ich ihn in seinem Kasten neben den Aufgegebenen und versuchte noch, was Vernunft vermochte; endlich machte es mir die Selbsterhaltung zur Pflicht, mich zu entfernen. Nach dem Tode wollte den Klosterkadaver niemand anrühren, welches sehr zu entschuldigen war. Man suchte die schmutzigsten Gesellen aus und gab ihnen zur Belohnung Rum, daß sie den Toten über Bord warfen. Ich hatte doch noch so viel Teilnahme oder Neugierde, man nenne es, wie man will, mich zu nähern und die Erscheinung zu sehen. Es war ein gräßliches Bild menschlichen Elends und menschlicher Verworfenheit, das ich, Gott sei Dank, bei aller meiner Erfahrung nie wieder gesehen habe. Einige Monate hatte sich der Mensch nicht rasiert und in seinem Unrat gelegen. Das Hemde, dessen Farbe man nicht mehr erkennen konnte, das Kopfhaar, der Bart und die Augenbrauen und Wimpern wimmelten von Insekten, als ob er an der Phthiriase gestorben wäre, welches doch bestimmt der Fall nicht war; denn vorher hielt er sich leidlich reinlich.

Einige Monate ist das Herumschwimmen auf dem

Ozean, bei gehörigen Veränderungen, solange die Erscheinungen neu sind, keine üble Partie; zumal wenn man in so zahlreicher Gesellschaft segelt wie wir. Unsere Flotte von Transportschiffen aller Art, begleitenden Kriegsschiffen und Kaufmannsfahrzeugen, die die Gelegenheit der Sicherheit benutzten, mochte sich wohl auf siebzig Segel belaufen, und der Abend und Morgen einer solchen schwimmenden Kolonie hat sein Angenehmes, wenn die See nicht zu hoch und zu still ist. Besonders hat das Geläute etwas traulich Heimisches und doch etwas sehr Feierliches auf der unermeßlichen Fläche, daß ich nicht selten zu einem sehr innigen Gebet gestimmt wurde. Was weder Vernunft noch Gefahr bewirken, bewirkt oft die magische Psychagogie der Töne durch das Gefühl.

Wenn ich nicht mit den Matrosen arbeitete, lag ich bei schönem Wetter mit dem Virgil oben im Mastkorbe und verglich unsern überstandenen Sturm mit dem seinigen und fand ihn nie so lebendig wahr als eben jetzt, wo ich an den vorigen dachte und den kommenden erwartete. Sein „Insequitur clamorque virum, stridorque rudentum“ ist einfach malerisch schön, daß es den ganzen Auftritt gibt. Das hat er selbst gefühlt, weil es mit wenigen Veränderungen in allen seinen Beschreibungen eines Seesturms wiederkommt. Wenn wir auch nicht wüßten, daß er zur See war, aus diesen Stellen würden wir es fast untrüglich schließen können, so wie ich aus seiner Beschreibung des Atlas schließe, daß er nie auf einem Berge erster Höhe war. Ob ich gleich viele Hilfsmittel der Beschäftigung in und außer mir hatte, die den andern fehlten, so fing das Einerlei der Szenen doch endlich an, mir lästig zu werden. Das Kabeljauangeln und das Einsalzen zu Laberdan auf einigen Bänken in der Nähe von Amerika gab einige Tage wieder gutes Essen und gute Unterhaltung. Ich erinnere mich, daß wir einmal so reichlich fingen, daß außer der Verteilung eilf Tonnen in einem Nachmittage eingesalzen wurden. Keine Leber von irgendeinem Tier zu Wasser und zu Lande ist mir feiner und schmackhafter vorgekommen als die Leber vom Kabeljau; so wie der Fisch selbst, frisch zubereitet und genossen, einer der köstlichsten ist. Ich würde ihn gleich nach dem Sterlet und Thunfisch setzen und ihn dem Lachse vorziehen, zumal da er auch viel zarter und gesunder ist.

Endlich bekamen wir das Ufer von Akadien zu Gesichte und liefen unter allgemeinem Freudengeschrei in der Bucht von Halifax ein. Halifax ist unstreitig einer der besten Häfen am Ozean, vielleicht der beste, für eine unzählige Menge Schiffe; sicher gegen alle Stürme. Die Insel und das Fort St. George nebst einigen starken Landbatterien verteidigen den Eingang, und es gehört schon eine ziemliche Macht dazu, ihn zu forcieren. Seine Lage ist so, daß er mit Fleiß und Aufwand unbezwinglich gemacht werden kann, wenn man nur die Landseite zu verteidigen imstande ist.

Man brachte uns wahrscheinlich nach Halifax, weil es in Newyork und den andern Provinzen schon höchst mißlich mit den Royalisten stand, und man das Ausschiffen kaum wagen durfte. Der Tag der Ausschiffung war einer der schönsten und einer der schlimmsten. Zweiundzwanzig Wochen waren wir herumgeschwommen, ohne das geringste Land gesehen zu haben. Da wir keine britischen Amphibienseelen waren, sehnte sich alles ohne Ausnahme nach festem Fuße, zumal da der Scharbock empfindlich zu werden anfing. Es war ein Hungertag, da uns die Schiffe an das Land wiesen, und das Landkommissariat, zumal da das Ausschiffen sich sehr spät verzögerte, noch nicht geliefert hatte. Doch vergaß jeder in der Freude gern die Forderung des Magens, wenn er nur den Boden begrüßen konnte. Ich erinnere mich dabei eines sehr wehmütigen Auftritts. Ich war einer der ersten am Lande und hatte nebst einigen andern eine kleine Quelle herrlichen Wassers am Ufer im Sande entdeckt. Lange hatten wir diese köstliche Erquickung entbehrt; wir tranken mit Wollust und großen Zügen. Schnell erscholl die Entdeckung, und die Hungrigen und Durstigen stürzten in Haufen nach dem kleinen, spiegelglatten Wasserschatze, drängten sich, stießen sich, jeder wollte gierig der erste Teilnehmer sein: in dem Getümmel geriet der Sand des abschüssigen Ufers in Unordnung, gab nach, und in einem Augenblicke war die ganze kleine herrliche Quelle versandet. Sie brauchte Stunden, um sich wieder zu läutern, und die Menge stand traurig um sie herum und betrachtete lechzend den Verlust.

Als ich vom Schiffskapitän Abschied nahm, drückte er mir mit herzlicher Freundlichkeit die Hand. „It is a pity, my boy", sagte er, „you do not stay with us; you would soon become a very good sailor." „Heartily I would", sagte ich, „but you see, it is impossible." „So it is", rief er, „god speed you well!"* Mit einem dankbaren Wunsche für den menschenfreundlichen Mann stieg ich die Leiter hinab ins Boot und ruderte dem Ufer zu. Das Ufer um Halifax her ist unfreundlich, ziemlich öde und unfruchtbar. Der Ort, der uns zum Lager angewiesen wurde, war abhängiger Felsenboden. Wir kamen spät ans Land, und ehe die Bedürfnisse herbeigeschafft wurden, ward es fast Nacht. Die Zelte kamen an und sollten aufgeschlagen werden. Man hatte mich zum Unteroffizier ernannt; ich sollte also für das Aufschlagen sorgen. Nun hatte ich in meinem Leben nur ein einziges Lager ganz nahe gesehen und wußte von der Maschinerie eines Zeltes nicht einen Pfifferling. „Schlippe", sagte ich zu einem alten preußischen Grenadier, der mir zugeteilt war, „Latein und Griechisch verstehe ich so ziemlich, aber wenig vom praktischen Militär; helfe Er mir durch, vielleicht kann ich wieder durchhelfen." Der alte Soldat lächelte,

* „Es tut mir leid, mein Sohn, daß du nicht bei uns bleibst. Du würdest bald ein guter Seemann geworden sein." „Herzlich gern wollt' ich's; aber Sie sehen, daß es unmöglich ist." „Das ist es, Gott sei mit dir!"

ergriff das Beil, nahm einige mit sich, tat, als ob er meine weisen Befehle ausführte, und in einer Stunde stand unser Zelt, trotz den übrigen so gut da, als es der harte Boden erlauben wollte. Die Schwierigkeit war nicht klein, da die Zeltstangen und Zeltpflöcke erst aus dem Walde geholt und gehauen werden mußten. Die Nacht kam ein Sturm wie ein Orkan, der unserer Architektur weidlich spottete. Den folgenden Morgen standen vom ganzen Lager nicht zehn Zelte mehr fest; das unsrige stand nur halb; viele hatte der Wind in den Morast hinabgetrieben. Nun fingen wir an, etwas solider zu bauen, wozu uns auch die Kälte trieb; denn es war schon spät im Jahr und ein kimmerisches Wetter auf der verdammten Landzunge.

Da man den Transport nicht zu den Regimentern bringen konnte, wurden wir in ein Bataillon von fünf Kompanien formiert und sollten für uns Dienste tun. Das ging toll genug; der Oberst Hatzfeld tat sein möglichstes, das Gesindel in Ordnung zu bringen. Fast die Hälfte waren gediente Leute; das machte die Sache etwas leichter: nur waren, wie natürlich, die besten Soldaten immer die liederlichsten Kerle. Ich als Unteroffizier sollte nun den Exerziermeister machen und wußte selbst noch blutwenig. „Schlippe", sagte ich wieder, „Er sieht wohl, daß es mit mir noch etwas hapert. Wir wollen täglich eine Stunde in den Wald gehen, als ob's zur Jagd wäre; da ist Er wohl so gut, mir einige Handgriffe gründlicher zu zeigen, als ich sie bis jetzt gefaßt habe." Der alte Satyr lächelte und meinte, es würde schon gehen; zur Not auch ohne ihn. Es ging; gerade wie bei einem Professor, qui docendo discit, ward es täglich mit mir besser, und bald galt ich für einen Kerl, der sein Gewehr meisterhaft zu handhaben verstand und sich in die kleinen Evolutionen geschickt genug zu finden wußte. Es gehört nur einige Kenntnis mathematischer Figuren und etwas Geistesgegenwart zu dem letzten.

Das Leben im Lager im Spätjahr war schlecht genug; keine gute Kost und Kälte bis zum Heulen und Zähneklappern. Unser Bataillon sah buntscheckig aus wie eine Harlekinsjacke, da es aus den Uniformen aller Regimenter bestand. Wir hatten weder Fahnen noch Kanonen, da es täglich hieß, wir sollten zu unsern Regimentern stoßen. Ich nebst ungefähr zwanzig andern war dem Regiment Erbprinz zugefallen, habe aber das Regiment nie gesehen.

In dieser Zeit machte ich Münchhausens oder er vielmehr meine Bekanntschaft. Ich saß im Zelte und wärmte mich gegen die nasse Kälte etwas an Flaccus' Odenfeuer, da schlug ein Offizier den Zeltflügel zurück und fragte, ob ich der Sergeant Seume wäre. Da ich denn der war, hieß er mich herauskommen. Ich warf mich in die Ordonnanz und trat hervor; er belugte mich etwas neugierig, faßte mich am Arm, und fort ging's durch mehrere Kompaniegassen dem Ende des Lagers zu, wo sein Zelt stand. Ich wartete der Dinge, die da kommen sollten, da der Herr unterwegs ziemlich einsilbig war. In seinem Zelte lagen auf dem Tische einige Verse, die er mir hingab und mich fragte, ob sie von mir wären. Ich besah sie und sagte ja. Es war eine tragikomische Elegie über unser Leben im Lager, die, wie der Gegenstand selbst, lächerlich-weinerlich genug sein mochte. „Wir müssen bekannter werden", sagte er. „Sehr gern", sagte ich. Er bat mich auf ein Stückchen Wildbraten, denn er ist bekanntlich ein trefflicher Waidmann, den Abend zu Tische, und da in meinem Zelte Schmalhans Küchenmeister war, so kam mir die Einladung sehr willkommen. Seitdem waren wir fast überall zusammen, wenn uns der Dienst nicht trennte, welches leider denn oft genug geschah. Münchhausen war damals, wie Johnson sich ausdrückt, a man of sound strong unletter'd sense, ein Mann von gesundem, gediegenem, ungelehrtem Verstande, welches ihm und mir sehr zustatten kam; denn ich hatte verdammt viel

Schulstaub und nicht wenig Schuldünkel an mir, obgleich meine klassischen Kenntnisse noch sehr leicht waren. Sein Beifall war nun meine beste Belohnung und seine Kritik meine beste Belehrung. Ich begriff, daß bloße Schule nicht alles sei, und er fand, daß die Schule doch vieles sei und desto mehr, wenn sie durchaus Zögling und Folgerin der bessern Natur ist.

Es hatte sich ein freundschaftlicher Zirkel von Offizieren gebildet, in den man mich unvermerkt fast unzertrennlich hineinzog und mit vieler Herzlichkeit behandelte. Münchhausen war stillschweigend durch seine Mischung von Ernst, Bonhommie und heiterer Laune darin die Hauptperson. Jeder trug das seinige dazu bei, die Unterhaltung und die Menage zu würzen. Die meisten jungen Herren waren tüchtige Nimrode, und so fehlte es uns selten an etwas frischem Wild auf den Tisch; denn die Lieferungsartikel, ausgenommen das Brot, welches vortrefflich war, waren nicht viel besser als auf dem Schiffe. Die Lieblingsneigung eines jungen Mannes, welcher Buttlar hieß, zur Konditorei machte besonders unsere Desserte sehr reich und köstlich, da es uns an Ingredienzen nicht fehlte, und ich erinnere mich, selten besseres Backwerk genossen zu haben als aus seiner Offizin. Es war keine uninteressante Gruppe, wenn einer eine wilde Ente spickte, der andere Madeira brachte, der dritte das Gewehr putzte, der vierte Dienstaudienz gab, der fünfte mit Schürze und Geschirr vor dem Kamine Pastetchen schuf, der sechste den possierlichen Ansteller machte und der siebente im Julius Cäsar las, aber mehr auf die Ente und die Pastetchen als auf den Text sah. Der Dominus Konditor hatte eine paradiesische Freude und ein ganz verklärtes Antlitz, wenn wir seinem Machwerk durch heroisches Essen und kräftige Lobsprüche Ehre erwiesen; denn er genoß selten etwas davon. Nun gab es aber undankbare Schäker, die zuweilen nach dem Genuß eine bittere Kritik darüber anfingen, und dann geriet nicht selten der junge Künstler in so heftiges Feuer, daß er Pfannen, Kasserolle, Kuchenformen und alle Gerätschaften zornentflammt durcheinanderwarf und dreimal heilig schwur, er wolle für uns undankbare Gesellen keine Schürze mehr umbinden; welches er dann nach echter Dilettantenart gewöhnlich drei Tage hielt, wo ihn die Naturschwachheit und Gutmütigkeit wieder besiegte. Es gelang den Herren nicht, mich zum Jäger zu machen, ob ich gleich zuweilen aus Gefälligkeit mitzog, aber auch wohl allein mit dem Gewehr am Wasser herumstreifte, woran vorzüglich mein kurzes Auge Schuld haben mochte. Denn von Jugend auf konnte ich nur auf eine kleine Entfernung bestimmt sehen, ob ich gleich in der Nähe sehr scharf sah und die kleinste Schrift bei Mondschein las, welches noch jetzt ziemlich unverändert ebenso ist. In der alten Welt habe ich nie gefischt, außer zuweilen als Knabe mit meinem Vater in der Rippach, welche herrliche Schmerlen enthielt; in Amerika verführte mich der Reichtum des Fischzugs nicht selten zu diesem Vergnügen, wo ich in einer Stunde manchmal mehr Hummer und black salmon, eine Art kleinere, schwarzbraune Lachse, fing, als ich nach Hause zu bringen imstande war. Da beide Arten nicht zu meinem Geschmack gehörten, schenkte ich sie gewöhnlich dem Ersten, der sie haben wollte. Für Hummer wählte ich kleinere, zartere Krebse, und von den Fischen waren Aale, Makrelen, Kabeljaus und einige Schollenarten meine Lieblinge, die alle sehr reichlich und sehr wohlfeil dort zu haben waren; denn für einen englischen Stüber wurde ein Kabeljau gekauft, der mit dem Kopf auf der Schulter lag und mit dem Schwanze nicht selten die Erde berührte. Die Fische waren zwar im Lager als fiebererzeugend verboten; aber ich ließ mich nicht abhalten, meiner Liebhaberei zu folgen, und mußte selbst einmal dafür auf der Brandwache sitzen. Sie haben mir nie geschadet, vielleicht weil ich sie sehr einfach und meistens gebraten aß. Das war besonders der Fall mit einer sehr großen Sorte Heringe, die zum Einsalzen, wenigstens für die dortige Kunst, zu mächtig waren, aber einen herrlichen Bratfisch gaben. Ich bin nicht Naturhistoriker; aber es macht mir oft ein eigenes Vergnügen, das Geschlecht der Heringe nach meiner Meinung durchzugehen, von dem großen, ellenlangen amerikanischen Heringe herab bis zu der athenischen Aphye, die nur das Feuer zu riechen brauchte, um gekocht zu sein, und die auch mit zu den Heringen zu gehören scheint. Dazwischen liegen der englische, der holländische, der schwedische, der dänische Hering, die Strömlinge und Killoströmlinge, vorzüglich aus dem Peipussee, die Sprotten, die Anchovie, die Sardelle, die mit der Aphye fast eins zu sein scheint, und weiß der Himmel, wie viele Arten noch in den indischen Meeren leben, mit denen ich unbekannt bin.

Münchhausen munterte mich beständig auf zur Arbeit, das hieß zum Dichten, wozu ich aber weder viel Zeit noch Lust hatte. Auch kann ich mich nur weniger Kleinigkeiten erinnern, die ich damals geschrieben hätte, und keiner einzigen, die verdient hätte, aufbewahrt zu werden, wäre es auch nur als Beleg der Bildungsgeschichte; alles war höchst mittelmäßig. Dafür lief ich, wenn ich Zeit hatte, mit Horaz oder Virgil in der Hand, oder auch wohl mit einem alten Homer, in den Wäldern herum, lagerte mich in einer Grotte oder alten Baumgruppe und vergaß nicht selten über meinen Lieblingsstellen den Sonnenuntergang, so daß ich sehr spät in das Lager oder die Kasernen zurückkam. Daneben waren ein alter Hagedorn und ein Exemplar von Hölty, die ich irgendwo aufgetrieben hatte, meine Begleiter. Das Beste von Hölty wußte ich damals auswendig, wozu noch jetzt bei mir seine berühmten Traumbilder nicht gehören. Die Elegie am Grabe eines Dorfmädchens und am Grabe seines Vaters sind für mich noch jetzt die lieblichste Wehmut, die ich in der Literatur kenne. Ich zeigte Münchhausen die Schönheiten und ihre Gründe, welches mir bei ihm sehr leicht ward; denn ich habe selten eine Seele für wahre Schönheit empfänglicher und enthusiastischer gefunden als die seinige. Er bedauerte, daß er mir in den Klassikern nicht folgen konnte; aber was ich ihm daraus übersetzte, so wenig meisterhaft auch die Übersetzung sein mochte, bewies ihm doch, daß meine Vorliebe für sie kein Vorurteil war, und weckte ganz leise die Neigung, die bald Entschluß und Ausführung ward, selbst bekannt zu werden mit diesen reichen Schätzen echter Kunst. Er überraschte mich einige Jahre nachher mit einer Kenntnis, die in Erstaunen setzte. In manchem Alten, vorzüglich im Flaccus, den er etwas hyperbolisch verehrte, hatte er mich zurückgelassen.

Der Dienst war, zumal für mich als Unteroffizier, beschwerlich genug und ließ nicht viel Zeit übrig. Überdies spannte mich noch dazu der Oberst Hatzfeld in das Joch als Schreibersknecht, so daß ich die noch übrigen Mußestunden beim Adjutanten als Adjuvant saß, mir fast die Finger krumm schmierte und weiter nichts erntete als ein freundliches „Wir bleiben Euch in Gnaden gewogen", wovon doch am Ende selbst Taubmanns Katze ihr bißchen Geist aufgab. Ich hatte bei dieser Veranlassung einen sehr tragikomischen Auftritt auf meine Unkosten. Niemand bemerkte die Runzeln und den Murrsinn auf meiner Stirne; das hieß tagaus, tagein: schreib, Teufel, schreib; bis ich in meinem verkehrten Sinn auf ein verzweifeltes Mittel geriet, mich zu befreien. Sowie ich von der Wache kam, nahm ich mein Gewehr und ging in den Wald, um nicht zugegen zu sein, wenn, wie ich vermutete, die Botschaft zur Schreiberei kommen sollte. Das geschah: meine Entfernung wurde sogleich auch als absichtlich mit ziemlich boshaften Zusätzen durch die gehörigen Instanzen rapportiert. „Du wirst den Teufel auf den Hals bekommen“, riefen mir meine Kameraden zu, als ich zurückkam, „der Oberst hat zweimal geschickt; du sollst schreiben.“ „So“, sagte ich, „es ist gut.“ „Ich glaube vielmehr, es ist nicht gut“, meinte der Feldwebel, „auch kommen Sie morgen wieder auf die Wache; es sind zwei auf Kommando gegangen.“ Den andern Morgen stand ich in der Front der Wachtparade, als der Oberst ziemlich grimmig auf mich zu kam und mir im Eifer einen Knopf vom Rocke drehte. Der Oberst war ein kolossalischer Mann, der auftrat wie ein Herkules, mit dem Blicke Funken sprühte und eine Stimme sprach wie eine Quartposaune, übrigens aber noch ziemlich human und wohlwollend war. Er soll zu seiner Zeit, wie man sagte, zu Rinteln mächtig renommiert haben. „Wo ist der Herr gestern gewesen?“ donnerte er mich an. „Auf der Jagd.“ Jedermann wußte, daß ich sonst eben kein Jäger war. „Ich will den Sakrementer jagen“, fing er an und hielt eine kurze Art von energischer Galgenpredigt, deren Finale war, daß ich aus der Front ohne Säbel sogleich in die Wache befördert wurde. Nach der Parole wurde Exekution mit dem kalten Eisen gehalten, immer unter Fortsetzung des obigen erbaulichen Sermons von Distinktion und Unerkenntlichkeit und Halsstarrigkeit, mit einigen starken Donnerwettern durchschossen, die sein furchtbarer Baß ziemlich gut nachahmte. Sodann ging es wieder in die Wache. Den andern Morgen, als ich freigelassen wurde, oder vielmehr als man die Kette etwas länger ließ, meldete ich mich ordonnanzmäßig bei den Instanzen, und also auch bei dem Obersten. „Sind wir nicht ein Paar recht dumme deutsche Dorfteufel“, kam er mir komisch polternd entgegen, „daß wir uns nicht friedlich vertragen können und uns da so zanken und streiten müssen!“ – „Ich darf nicht widersprechen, Herr Oberst“, brummte ich halblaut mürrisch, skoptisch durch den Bart. „Zum Teufel, Herr, sei Er nicht impertinent!“ rief er. Nun fing ich an zu exponieren in aller Ordnung mit Bestimmtheit: daß der Dienst hart und strenge sei, daß ich von Wachen, Visitieren, Kommandos wenig Nächte frei habe, daß, wenn meine Kameraden ausruheten, ich halb schlaftrunken mich am Schreibtische quälen müsse, daß ich das nicht aushalten könne usw. Der Oberst rieb die Stirne, meinte, dem Dinge könne wohl abgeholfen werden; nur habe ich eine sehr schlechte Methode ergriffen. Da hatte er recht. Nun frühstückten wir zusammen; er befahl, mich vom gewöhnlichen Dienst zu befreien, außer wenn das Bataillon manövrierte, um nur schreiben zu helfen; und dazu gab er mir monatlich einige spanische Taler Zulage. Die Ausgleichung war besser als der Prozeß. Die größte Freude über meinen Unfall hatte wohl das Zöfchen, dem ich auf der Weser auf dem Speiseschiffe im Amtseifer so strenge mitgespielt hatte und das jetzt recht stattlich bei dem Major, wie man sagte, eine Art von haushälterischer Liebschaft machte. Sie lächelte mich so schadenfreundlich an, als ich mich vom Arreste meldete, als ob sie mir den ganzen Auftritt bei Bremen zurückgeben wollte.

Nun ging es gut; ich schrieb eine lange Zeit viel Regimentslisten und tat übrigens sehr wenig. Die Arbeit war zwar trocken und langweilig genug, da oft wegen eines alten, morschen Pfannendeckels, der nicht zwei Pfennige wert war, einige Bogen umkopiert werden mußten; dafür fing aber eben auch damals dort das papierne Jahrhundert recht praktisch an und hat seit der Zeit gehörige reichliche Früchte getragen. Bei Münchhausen konnte ich nun nicht so oft sein, als ich wünschte und er zu wünschen schien, und die guten Leute hoben mir manchmal mein Stück wilde Ente und einige Pastetchen auf, bis ich erst spät zur Partie kommen konnte. Ich tat abwechselnd Dienste, nach dem Behuf, als Korporal, Sergeant, Fourier und Feldwebel, so daß ich alle Süßigkeiten des kleinen Soldatenlebens auskosten konnte. Als Fourier war ich ein reicher Mann, weil bei den Lieferungen immer etwas an Brot, Butter, Fleisch, Rum usw. übrigblieb; nur ein einziges Mal mußte ich über zehn spanische Taler zusetzen; da hieß es denn, tut der Herr nicht die Augen auf, so tue er den Beutel auf.

An eigene Arbeit wurde jetzt wenig gedacht, so sehr mich auch Münchhausen antrieb; einige Kleinigkeiten verdienen nicht Erwähnung. Nur ein einziges Stück, das eine Art von Jagdstück war, wäre vielleicht nicht ganz unwert, als Bildungsanfang mit aufbehalten zu werden, wenn nur noch irgendwo etwas davon zu finden wäre als in den Winkeln meines Gedächtnisses, wo nicht viel davon übrig ist. Einiger Verse erinnere ich mich; sie lauteten, glaube ich, so:

Laß uns ruhen, Freund, in dieser Höhle,
Auf dem alten grauen Steine da,
Den vielleicht noch keine Menschenseele
Seit dem ersten Tag der Erde sah.

Ha, wie schauervoll und furchtbar siehet
Hier das Antlitz unsrer Mutter aus!
Wie die Allmacht sie dem Nichts entziehet,
Liegt sie hier, Natur, in Schreck und Graus.

Felsen, seit der Flut noch unbestiegen,
Heben schwer ihr schwarzes Haupt empor,
Und um ihre dunkeln Schädel fliegen
Ungewitter aus der Kluft hervor.

Kreuzend liegen tausendjähr'ge Eichen
Durcheinander, die das Alter fraß;
Morsche, eingeborstne Stämme zeigen,
Daß den Wald hier nie ein Förster maß.

Kein gesellig Tier besucht die Klüfte,
Wohin nie der Fuß des Wandrers dringt,

Wo kein Vogel durch die leeren Lüfte
Eine Melodie der Freude singt.

Nur zuweilen brummt in tiefem Grimme
Ein bejahrter Bär aus seiner Gruft
Durch die Felsen, wo mit heisrer Stimme
Nur ein alter grauer Adler ruft.

Doch vielleicht kann noch ein Wilder lauschen,
Der zum Mord sein krummes Messer schleift,
und sodann in blitzgeschwindem Rauschen
Uns den Schädel von dem Hirne streift usw.

Das übrige ist verwischt und wohl schwerlich irgendwo wieder zu finden oder des Aufsuchens wert. Das Skalpieren der Wilden ist bekannt genug, und man erzählt davon fürchterliche Beispiele. Mir selbst ist keines bekannt geworden. Sie skalpieren sehr ehrlich nur ihre Feinde, und unsere Wilden waren durchaus nur freundschaftliche Leute. Ich kann wenig von ihnen sagen, was nicht schon bekannt wäre. Sie kamen sehr häufig in großer Anzahl in die Stadt, um ihre Jagdbeute zu verkaufen, die meistens aus Moostieren, Geflügel und zuweilen Fischen, vorzüglich Aalen, bestand. Dafür bekamen sie Rum, europäische Bedürfnisse und spanische Taler. Sie wußten den Wert des Geldes schon sehr gut zu schätzen und betrogen ebensooft, als sie betrogen wurden. Das Moostier oder das Elen ist ein majestätisches Geschöpf, das an Größe dem größten Holsteiner Pferde nichts nachgibt, Schaufelgeweihe wie der Damhirsch hat, die prächtig und furchtbar ausgreifen und ihm ein schreckbares Ansehen geben. Das Fleisch ist nicht immer gut; von einem jungen kann man es zu den Leckerbissen zählen, wenn es gut zubereitet wird. Man kann sich die Menge dieser Tiere denken, die dort müssen gewesen sein, da ganze englische Regimenter Tornister von Elensfellen hatten. Die sogenannten Wilden waren nicht viel schlechter gekleidet, als ich die Letten, Esten und Finnen gefunden habe. Ein grobes, graues Tuch, künstlich genug um den Körper gewickelt, machte das Hauptbekleidungsstück. Sie kamen gewöhnlich zur See, in ihren bekannten Booten von Birkenrinde, die meisterhaft gebaut waren und die sie mit ihren kleinen Rudern ebenso meisterhaft zu führen verstanden. Die englischen Matrosen, die es ihnen nachtun wollten, verloren sehr oft das Gleichgewicht und fielen in die See, worüber denn die Indier und über das europäische schwerfällige Schwimmen recht herzlich lachten. Sie machen mit diesen Booten große Küstenreisen und stechen damit außerordentlich weit in die See. Ich erinnere mich eines Falles, der uns wenigstens ziemlich unterhaltend war. Ich hatte auf einer kleinen Außenbatterie die Wache, saß auf einer Kanone und schaute behaglich in die See hinaus, die eben ziemlich hoch und hohl ging. Da entdeckten wir in großer Ferne etwas, worüber jeder seine eigenen Mutmaßungen hatte, was es wohl sein könnte. Keiner riet die Wahrheit. Als es näher kam, sahen wir, es war ein indisches Birkenboot, das der Wind gerade zu uns ans Ufer trieb. Wir eilten hinab, und es lag ein ziemlich alter Uramerikaner darin, der in Sturm und Wogenbruch recht ruhig schlief. Neben ihm lagen eine leere und eine halbleere Rumflasche, die seinem Schlummer sehr behilflich gewesen sein mochten. Er war nicht zu ermuntern; denn sein Zustand ist leicht zu erraten. Wir führten ihn hinauf ins Wachthaus, legten ihn auf dem ruhigsten Ort der Pritsche nieder, wo er lethargisch fortschlief. Das Boot zogen wir ans Land, die Flaschen bargen wir; den Beutel, den er am Gürtel trug, und in dem vierzig spanische Taler waren, schloß ich aus Vorsicht in den Schrank. Als er ernüchtert erwachte, blickte er wild verwundert um sich, daß er sich auf einer europäischen Wache befand. Da wir ihm aber die gefährliche Lage bedeuteten, in welcher er sich befunden hatte, ward er heiter und schien im Begriff zu sein, uns danken zu wollen; da er aber auf den Gürtel blickte und seinen Beutel vermißte, ward sein Gesicht länger und breiter, und ein Gemisch von Gefühlen schien in seiner Seele zu arbeiten, die alle besagten: Ha, ha! so ist's? Du bist unter die weißen Leute geraten; als ich ihm aber den Beutel aus dem Schranke darreichte und er schnell am Anblick merkte, daß wohl nichts fehlen würde, er wohl auch eilig den Schluß machen mochte, daß man nicht einen Teil behalten würde, wo man des Ganzen Meister war, ward seine Freude urpatriarchalische Ausgelassenheit. Er umarmte einen nach dem andern, und man sah ihm an, daß ihm das Geld nicht so lieb war als die Gesellschaft ehrlicher Leute; und als er die Summe endlich vollzählig fand, bestand er durchaus darauf, die Wache sollte eine Handvoll Taler nehmen. Ich hatte gute Gründe, das zu verweigern; aber einige mußten wir behalten. Nun bugsierten wir ihn wieder in sein Boot, mit guten Erinnerungen und Warnungen vor der Rumflasche. Er schien ganz Dankbarkeit; das Wetter war besser und er ruderte gutes Mutes durch die Bucht in den Ozean hinaus. Ein andermal hatte ich auf dem nämlichen Platze den grauenvollen, großen Anblick, daß ein schönes, herrliches Schiff aus Unkunde des Weges bei starkem widrigem Winde auf einen verborgenen Felsen lief. Ich hatte lange mit ängstlicher Teilnahme zugesehen, wie es mit Mühe und Schwierigkeit hereinlavierte. Meine Augen waren mit gespannter Aufmerksamkeit dahin geheftet; meine Seele war ganz auf dem Schiffe, da setzte es in keiner großen Entfernung mit einem furchtbar krachenden Stoß auf das versteckte Riff, so daß die Masten zusammenbrachen und die ganze Maschine in Trümmer zu zerbersten drohte. Das Geschrei der Leute war herzschneidend. Sogleich fielen einige Notschüsse, und sogleich eilten einige größere Schiffe, an ihrer Spitze eine Fregatte, und eine Menge kleinere Fahrzeuge zur Hilfe heraus. Von der Mannschaft wurde alles gerettet; aber von der Ladung fast nichts, da sie aus lauter Artikeln bestand, die nicht das Wasser vertragen konnten. Das schöne, fast ganz neue Schiff saß fest auf der Spitze, die ein ungeheures Leck gerade unten mitten am Kiel eingebrochen hatte, und weder menschliche Kraft noch Kunst war es herabzubringen imstande, bis endlich eine sehr einfache Maschinerie es mit der großen Springflut herunterhob. Man legte nämlich bei der niedrigsten Ebbe auf beiden Seiten eine Menge großer leerer Rumfässer, befestigte sie korrespondierend unter dem Kiel weg mit Tauen, und auf diese Weise hoben die vielen leeren Gefäße mit Hilfe der hohen Flut das Schiff aus dem Riff heraus und brachten es glücklich herein auf die Werft. Ich war durch einen glücklichen Zufall eben wieder gegenwärtig, als es herabgehoben und hereinbugsiert wurde.

Die Wilden benahmen sich, soviel ich habe beobachten können, immer anständig; doch soll das nicht stets der Fall gewesen sein, und der Gouverneur soll sie militärisch haben einstecken lassen müssen, um ihren Natürlichkeiten in Hinsicht des Geschlechts Einhalt zu tun. Wenn sie des Rums etwas voll und lustig wurden, führten sie drollig genug sogleich am Ufer den Ball auf und tanzten nach einer Art von brummendem Gesang, wozu einige mit Kieselsteinen aus dem Stegreife den Takt schlugen. Wir kamen nicht selten auf unseren größeren Streifereien in ihre Hütten an Felsen und Bächen, die meisten hatten sich tiefer zurückgezogen; ich habe aber nie gehört, daß sie einem von den Unsrigen etwas zuleide getan hätten, und dann wäre es wahrscheinlich bloß die Schuld des Europäers gewesen. Einige hielten es mit uns, einige mit den Republikanern, nachdem ihre Stimmung und Lage war, und es wäre wohl schwerlich zu entscheiden, ob sie hier oder dort mehr betrogen wurden. Mit dem Feuergewehr wußten sie schon seit langer Zeit sehr geschickt umzugehen und hatten gemeiniglich alte, große, lange holländische

Schießprügel, mit welchen sie mehrere hundert Schritte vortrefflich das Ziel trafen und manchen Posten im Gebüsche wegschossen, ohne daß man gewahr werden konnte, woher die Kugel kam. Als die Franzosen noch Herren von Kanada waren, ließen sie sich's angelegen sein, durch ihre Missionarien die Amerikaner ins Christentum einzupferchen; daher noch mancher Alte unter ihnen, wenn er die Glocke hört, sein Kreuz schlägt und „au nom de dieu, du père, du fils et du saint esprit" dazu sagt. Das schien indessen auch der ganze Überrest von Kenntnis in Sprache und Religion zu sein. Die Engländer bekümmern sich um das Bekehrungsgeschäft wenig oder gar nicht; das hätte nichts zu sagen, da man die Neubekehrten nur gar zu gern in die Verhältnisse der Letten und Esten treten läßt; wenn man die armen Urbewohner nur nicht echt europäisch-christlich von allen Seiten so zurückzwänge, daß ihnen in kurzem nichts als der Hals von Kalifornien oder die unbekannten Eisländer übrigbleiben werden. Die ich gesehen habe, waren alle ein großer schöner, nerviger Menschenschlag mit länglich regelmäßigen Gesichtern, ungefähr wie die alten echten Brandenburger. Ich erinnere mich nicht einen unter ihnen gesehen zu haben, der über fünf Fuß neun Zoll oder unter fünf Fuß drei Zoll gewesen wäre; also sehr selten war einer so klein wie meine eigene Personalität, die doch unter uns noch nicht zwerghaft ist. Die kupferbraune Farbe kleidete die Männer sehr anständig ernsthaft; ungefähr wie bei uns ein Grenadier, der ein halbes Dutzend Feldzüge mitgemacht hat, eine Farbe bekommt, die von seinem Feldkessel nicht sehr verschieden ist. Aber die nämlichen Züge und die nämliche Farbe sind den weiblichen Reizen nichts weniger als günstig; und ich habe keine Indianerin gesehen, die durch ihre Erscheinung den geringsten gefälligen Eindruck auf meinen europäischen Sinn gemacht hätte, ob ich gleich eine Menge junger Mädchen gesehen habe und damals selbst ein junger, rüstiger Kerl war. Die meisten sprechen jetzt etwas Englisch, da sie vom höchsten Norden bis an die spanische Grenze hinab von lauter ursprünglich englischen Kolonien umgeben sind. Kriegerische Vorfälle haben wir außer einigen Märschen nicht gehabt; ein einziges Mal schien es zu etwas Ernsthaftem kommen zu wollen, da die Franzosen den Ort anzugreifen drohten. Aber außer einigen Schüssen von den äußersten Batterien fiel nichts vor: es blieb bei den Drohungen, vermutlich da sie die Engländer stärker und in besserer Bereitschaft fanden, als sie vermuteten. Mich ärgerte das; denn ich sah der Landung und dem blutigen Handel mit aller Neugier eines jungen Menschen entgegen, bei dem Kraftgefühl und Tätigkeitstrieb die natürliche Furchtsamkeit überwand. Wenn ich zuweilen von einigen Kriegsvorfällen gesprochen habe, als ob ich dort gegenwärtig dabei gewesen wäre, so ist das weniger jugendliche Eitelkeit gewesen, als vielmehr, weil mich die Leute durch ihr ungestümes Fragen hineinzwangen, und ich manchmal aus Ärger ja sagte, weil ich ständig nein gesagt hatte. Auch habe ich keine einzige Unwahrheit gesprochen, soviel ich mich erinnere; nur geschah nicht alles unter meinen Augen. Es tat mir nachher manchmal leid, da es doch gegen den Charakter der Wahrhaftigkeit ist, der immer mein Ziel war; aber ich wollte nicht gern zurücknehmen und habe mich seit der Zeit gehütet, eine Silbe über die strengste Wahrheit zu sagen: gegen dieselbe sprach ich nie.

So kam denn endlich die Nachricht vom Frieden uns eben nicht erwünscht; denn junge tatendurstige Leute sehen nicht gern ihrer Bahn ein Ziel gesteckt. Man hatte mir geschmeichelt, ich könnte Offizier werden und mir eine Laufbahn eröffnen. Mit dem Frieden war alles geschlossen; denn nach unserer Ordnung konnte kein Bürgerlicher in der Regel weiter aspirieren als bis zum Feldwebel; ein Ehrenposten, dessen lebenslängliche

Dauer ich eben nicht sehr beneidete. Bei uns mußte man Edelmann sein oder viel Geld haben, um im Staate ein Mann zu werden: zwei Verdienste, deren philosophische Gültigkeit jedem Vernünftigen sogleich in die Augen springt. Zuweilen tat Verbindung und Empfehlung auch etwas, und noch seltener wurde zufälligerweise auch wohl wirkliches Talent bemerkt. Im Kriege, wo oft periculum in mora ist, wo man Männer für Ämter und nicht Ämter für Männer sucht, sind die Ausnahmen häufiger, und es tritt da, dem Kastengeist zum schweren Ärger, nicht selten das alte primitive impertinente Menschenrecht wieder ein, daß jeder nur das gilt, was er wert ist. Doch hat es bei uns noch lange Zeit, ehe es dahin im allgemeinen kommt: der Mensch gilt durchaus nur das, wozu ihn der Staat stempelt, und es ist keine Gefahr, daß Vernunft die Stempelordnung machen und halten werde.

Ich hatte in Amerika einen Freund, von dem ich nicht weiß, wo ihn das Schicksal hingeschlagen hat, der zu den besten gehört, die ich je gehabt habe; einen gewissen Serre aus Halberstadt, von der französischen Kolonie, der einige Zeit bei seinem Anverwandten Lavater in der Schweiz gewesen war, und dessen besseren, vernünftigeren Enthusiasmus glühend heiß besaß. Dieser war Unteroffizier wie ich, ein junger, mutvoller, leichtsinniger Kerl. Das Leben englischer Söldlinge war uns eben nicht angenehm, und wir beide hatten uns mit dem Gedanken getröstet, wir würden uns gelegentlich den Republikanern anschließen können: ein sehr natürlicher, verzeihlicher Gedanke für junge Leute, die mehr mit Plutarch als mit Hobbes lebten. Die Gelegenheit wollte nicht kommen; Serre suchte sie also herbeizuführen, und er hatte eben den Entwurf gemacht, durch die großen Waldungen über die Buchten von Halifax nach Boston zu gehen; freilich eine Unternehmung auf Tod und Leben. Er hatte sich schon über die englischen Posten unterrichtet, für Munition und notwendige

Bedürfnisse gesorgt, und die Ausführung war beschlossen, als eben der Friedensbote kam. Mich hatte nichts so sehr zurückgehalten als der Gedanke, Münchhausen zu verlassen, der mit so redlicher Freundschaft an mir hing; und die Sache war von der Beschaffenheit, daß sie durchaus keine Mitteilung litt. Die einzige Bedenklichkeit in unserer Freundschaft war, daß Münchhausen ein Edelmann war, der den Kopf voll alten Ritterwesens hatte, welches ich auf alle Fälle für halbe Barbarei hielt und noch halte. Freiheit und Gerechtigkeit hat bei Edelleuten einen ganz andern Sinn, als uns Philosophie und Staatswissenschaft lehrt, und das „verba valent sicut nummi" ist nirgends mehr anwendbar als in unserem sogenannten öffentlichen Rechte. Unserer Freundschaft stand also der Mangel endlicher Übereinstimmung entgegen, welches der Fall bei Serre nicht war, der übrigens weder Münchhausens moralischen Wert noch feinen Lebenstakt hatte. Der Friede zerschlug unsere Unternehmung, da wir nur nach Tätigkeit junger Leute geizten und nicht gesonnen waren, neben und unter Huronen und neuen Republikanern unser Leben fort zu vegetieren. Auf dem Schiffe wurde ich von Münchhausen getrennt; er kam auf ein anderes Fahrzeug. Der Guignon des Lebens wollte, daß ich ihn seit der Zeit nur zweimal wiedersah: einmal, als sich auf dem Meere unsere Schiffe so näherten, daß wir mit der größten Anstrengung uns einige Worte zurufen konnten; das andere Mal, als ich aus Italien und Frankreich kam und ihn in Schmalkalden besuchte.

Unser Leben in Halifax bestand in einem Drittel deutscher Gewöhnlichkeit, einem Drittel huronischer Wildheit und einem Drittel englischer Verfeinerung, und nach dem verschiedenen Charakter der Individuen stach eins von diesen Dritteln hervor. Bei mir blieb wohl meistens der Deutsche sitzen, obgleich Briten und Huronen mein Studium waren und bald diese, bald jene den Vorzug behielten. Ich habe schon oben gesagt, daß Halifax vielleicht einer der besten Häfen des Erdbodens ist. Diese Insel und das Fort St. George am Eingange ist eben stark genug, mit gehöriger Besatzung jeder beträchtlichen Flotte die Annäherung zu verwehren. Die Stadt selbst, am Ufer hin, tief in die Bucht hinein, hat ungefähr zehntausend Einwohner. Der englische Preis aller Artikel ist immer etwas höher als in andern Ländern, und im Kriege war er es dort ungewöhnlich. Ich erinnere mich, daß ich manchmal zum Abend nach unserm Gelde fast für acht Groschen Brot, für acht Groschen Butter und für acht Groschen Kartoffeln gegessen, und einmal für ein Stückchen Kälberbraten und einen Gurkensalat eine halbe Guinee bezahlt habe. Während eines ganzen Winters bestand mein Abendbrot fast immer aus geröstetem Butterbrot mit geräuchertem Lachs, dem wohlfeilsten Artikel der Gegend. Das Pfund frisches Fleisch kostete nicht selten nach unserm Gelde einen halben Taler; frisches Gemüse war kaum zu bezahlen. Dafür konnte aber auch ein Handarbeiter am Hafen täglich drei spanische Taler verdienen: alles kam ins gleiche. Verschiedene sparsame Kerle haben auf diese Weise mehrere hundert spanische Taler gesammelt und, wenn sie der Zufall verschonte, sie mit in die Heimat gebracht. Ich selbst hatte von dem Ertrag der Arbeitskommandos, welche von der Krone bezahlt wurden, einige schwere Goldstücke zurückgelegt. Einige echt soldatische Kameraden, in deren Taschen sich kein blindes Kupferstück hielt, hänselten mich aber so lange und drohten mir, mir bei meinem seligen Ende mit meinem eigenen Golde tüchtig das Maul zu zerschlagen, daß ich sie sehr bald wieder in Umlauf gesetzt hatte. Wenn Münchhausen nichts Wildes lieferte, und ich den schwarzstriefigen Kommisspeck und auch den Rauchlachs zum Überdruß gegessen hatte, schoß uns Serre in den Außengegenden auch wohl einen fetten Hund oder einen feisten Kater, deren frisches Fleisch und Fett uns nicht selten leckere Mahlzeiten gaben.

Unsere Hinfahrt dauerte, wie ich oben sagte, zweiundzwanzig Wochen, eine ungeheure Länge; den nämlichen Weg machten wir rückwärts in dreiundzwanzig Tagen; also machte ich eine der besten und eine der schlimmsten Fahrten mit. Heimwärts segelten wir, als flögen wir davon; und es gewährte ein eigenes, großes, kühnes Vergnügen, auf den ungeheuren Maschinen im Sturm dahergeschleudert zu werden. Es hatte sich eine große Menge Schiffe aller Arten und aller Nationen zuerst nach dem Frieden gesammelt, und wir liefen wohl über zweihundert zusammen in den Kanal ein, unter denen sich auch zwei amerikanische Fregatten mit der neuen freien Staatenflagge befanden, für einen Alt-Engländer wohl das größte Herzeleid, seitdem die britischen Flotten die Meere besegelten. Die letzte Nacht gehört zu den schönsten, die ich auf dem Wasser erlebt habe. Es war ein gewaltiger Gewittersturm auf dem Kanale in der Gegend von Portsmouth. Die zusammengeengte Flotte, das Heulen des Sturmes, das Schlagen des Tauwerks, das Rollen des Donners, das Leuchten der Blitze, das grelle Aufhellen der glühenden Wogen und das augenblickliche Schließen zur schwärzesten Nacht, das Rufen und Schreien der Matrosen, das Geläute der Glocken, der ferne, dumpfe Hall der Signalschüsse, das Dröhnen und Krachen der Schiffsfugen, und die Angst, daß wir vielleicht über Klippen stürzten – man denke sich die Wirkung des Ganzen auf die entzündete Einbildungskraft! Und mit dem sich heiternden Morgenhimmel waren wir wirklich in der Nähe der Kreideberge, die dem Lande den Namen Albion geben. Es war still und frisch und freundlich wie nach einer Gewitternacht, und die Schiffe schaukelten nur noch unwillkürlich heftig auf der empörten See. Bei diesen und ähnlichen Gelegenheiten war es mein gewöhnliches Vergnügen, mich im

Raum unter die Öffnung zu setzen und in die Höhe an den Horizont hinaus zu sehen; da sah ich denn die Schiffe rechts und links oben auf den Wellen tanzen. Man denke die Winkel, welche die Schiffe auf der Woge machen mußten, damit dieses möglich war. Oft war die Täuschung so groß, daß man minutenlang glaubte, ein Schiff sei von den Wellen verschlungen, das plötzlich mit Blitzesschnelle wieder auftauchte und ebenso wieder verschwand. Bei Deal lagen wir einige Zeit in den Dünen vor Anker, und da wurde es uns denn wohl einzeln erlaubt, an das Land zu gehen; das ist also das Ganze meines Aufenthaltes in Alt-England und kaum der Erwähnung wert. Die Fahrt über die Nordsee war diesmal sehr stürmisch und langweilig, welches desto verdrießlicher war, da die Reise über den Ozean so schnell ging und wir das übrige nur noch für einen Katzensprung hielten. Auf einmal befanden wir uns bei Cuxhaven und Ritzebüttel, vermutlich weil wir nicht in die Weser einlaufen konnten. Ich erinnere mich hier eines Vorfalls, der die außerordentliche Gewalt der Flut beweist. Ein Mensch saß auf dem Verschlage, der als Bequemlichkeit diente. Die Flut war im Ablaufen; er mochte sich's bequem machen, und sein ganzes Gewicht ruhte auf dem Seitenstücke: das Stück brach, er fiel hinunter, und obgleich zwei der besten Schwimmer sogleich nachsprangen, so war er doch augenblicklich verschwunden und wurde nicht wieder gesehen. Mit vieler Mühe rettete das ausgesetzte Boot nur die beiden Matrosen und hatte einige Stunden zu arbeiten, ehe es wieder an das Schiff kam. Nach einigen Tagen segelten wir wieder nach Bremerlee, wo wir Fahrzeuge wechselten und ebenso wieder hinaufbugsiert wurden, wie wir hinunterfuhren.

Hier erschreckte uns die Besorgnis, daß wir bei Minden würden an die Preußen verkauft werden. Es wurde laut gesprochen, und der bekannte gewissenlose Seelenschacher des alten Landgrafen machte die Sache nicht unwahrscheinlich. Serre also, ein gewisser Wurzner aus Gotha, und meine Personalität hatten bei Elsfleth den löblichen Entschluß gefaßt, uns den Fesseln der schändlichen Dienstbarkeit zu entziehen. Einige Nächte lauerten wir ohne Erfolg auf Gelegenheit; denn die Büchsenschützen hatten ihre geladenen Läufe überall hingerichtet. Aus Verdruß und Müdigkeit war ich auf meinem Habersack eingeschlafen, und als ich den Morgen erwachte, waren die beiden Hechte fort und hatten mich vermutlich mit Sicherheit nicht wecken können. Ich kratzte mich hinter den Ohren und sah ärgerlich nach dem Kahne, der sie in Freiheit geführt hatte. In Bremen versuchte ich's indessen allein auf meine eigene Hand, und es gelang mir am hellen, lichten Tage unter ziemlicher Gefahr. Die nächste Veranlassung war ein Gezänk mit dem Feldwebel über Brotlieferung, in welches sich der kommandierende Offizier etwas diktatorisch handgreiflich mischte. Das Gespenst der Preußen saß mir fest im Gehirn; ich hatte, ganz gegen meine Gewohnheit, ohne alle Absicht in einigen Gläsern Wein mich etwas warm getrunken und machte kurz und gut auf und davon, am Ufer hin, über die Brücke weg, in die Altstadt hinein. Ein guter, alter, ehrlicher Spießbürger mochte mir doch wohl einige Verwirrung ansehen; er kam freundlich zu mir und fragte: „Freund! Ihr seid wohl ein hessischer Deserteur?“ – „Und wenn ich denn einer wäre?“ sagte ich. „Da muß ich Euch sagen, unser Magistrat hat Kartell mit dem Landgrafen.“ Und nun –

Fortsetzung von Seumes Leben, mitgeteilt von C. A. H. Clodius

„Und nun“ – das sind die letzten Worte, welche Seume geschrieben hat; das Folgende ist leider nur Erzählung aus den Erinnerungen einiger Freunde des Verewigten. Ihnen, welche ihn genau gekannt und innig geliebt haben, ist das Bild, welches er selbst gezeichnet hat, ein Vermächtnis, in welchem er bei ihnen fortlebt. Sie glauben ihn noch vor sich zu sehen und reden zu hören, weil sein Leben sich ebenso anspruchslos und wahr, ebenso heiter und gleichmütig in Worten und Handlungen darstellte, als er es, während einer schmerzhaften Krankheit, beschrieben hat. Seine Selbstbiographie zeigt uns seine Jugend, seine übrigen Schriften zeigen den Mann, und folgende Züge von einer Hand, welche mit Treue zeichnet, werden die Schilderung seines edlen und liebenswürdigen Charakters vollenden. Große Sorgfalt für sein Inneres, wenig für sein Äußeres; ernstes Denken, ruhiges Erwägen und Tiefe des Gemüts; Mangel an Nachgiebigkeit und Reichtum an Nachsicht; Bewußtsein seines Wertes und Bescheidenheit eines gebildeten Menschen; Freundlichkeit und Liebe im Herzen, oft finster um Stirn und Auge; empfänglich für das Schöne und Erhabene; flammender Eifer für die Gerechtigkeit und eine gesetzmäßige Freiheit; selbständig ohne Furcht; bitter gegen schlechte Menschen aus Liebe zur Menschheit – so war Seume.

Wieland nannte Seume, wegen seiner Tugenden und wenigen Bedürfnisse, den edlen Zyniker, einen Menschen von großem Wert. Dieses Lob des berühmten und liebenswürdigen Mannes hat ihn sehr glücklich gemacht und wird ihn ehren bei allen, welche den Beifall der Besten unter den Menschen für den höchsten

Ruhm halten, den ein Sterblicher gewinnen kann. Einer seiner Freunde, der allen seinen entfernten Geliebten ein Sternbild widmete, wobei er ihrer in stillen Nächten gedachte, wurde von Seume gefragt: wohin er denn ihn einmal künftig einquartieren würde? und als er darauf im scherzenden Ton antwortete: „Sie haben schon lange Ihren Platz in dem hellen, nicht untergehenden Gestirn des großen Bären", sagte Seume mit Lächeln: „So, so! Meinetwegen!" – Die Begebenheiten, welche hier angeknüpft werden, sind Beweise zu dem Lobe, welches eine unparteiische Freundschaft ausgesprochen hat, und können als Belege dienen, daß ein widriges Schicksal der Hebel edler Naturen wird.

Das gutmütige Volk der guten Stadt Bremen drängte sich als eine Schutzwehr um Seume herum und schob gewissermaßen den Fremdling hilfreich zum nächsten Tore hinaus. Seume, ein trefflicher Läufer, flog wie ein Pfeil. Demungeachtet waren seine Verfolger, die hessischen Jäger, ihm immer ganz nahe und trieben ihn endlich in den Sack zwischen den beiden Flüssen der Hunte und der Weser. Hier glaubten sie, könnte er ihnen nicht entspringen, und er hielt sich verloren; denn wollte er sich ins Wasser stürzen, so tötete ihn, den durch und durch Erhitzten, der Schlag; blieb er stehen, so war er das Opfer seiner Flucht. Zum Glück sah er in einem Weidenbusche am Ufer der Hunte einen Fischerkahn und sprang hinein. Der mitleidige Fischer, welcher der Menschenjagd zugesehen hatte, hieß ihn sich gleich auf den Boden niederlegen und stieß augenblicklich vom Lande ab. Nun kamen auch die Jäger und schossen; aber die Kugeln flogen über das Schiff, und der gleichmütige Schiffer arbeitete ruhig durch die Gefahr, bis er glücklich das jenseitige Ufer erreichte. „Hier, Freund", sagte der Mann, „seid Ihr frei und auf oldenburgischem Grund und Boden. Gott helf' Euch weiter!" Das Leben war gerettet, die Kette zerbrochen, und der Landgraf litt einen Verlust von einer Handvoll Taler, die er aus Seumes Verkauf zum zweiten Male hätte lösen können.

Den folgenden Tag kamen hessische Offiziere mit freundlichen Worten, brachten Pardon, boten Geld, versprachen Beförderung; aber Seume ließ sich nicht verleiten, empfahl sich höflich und ging aus ihrer Gesellschaft weg nach der Stadt Oldenburg. Der damalige, jetzt noch in Rußland lebende Herzog dieses Landes, ein gebildeter, edler Fürst, unterstützte den einnehmenden, interessanten jungen Deserteur und tat Vorschläge zu künftigen Lebensplänen; als aber Seume die Sehnsucht nach der geliebten Mutter und dem Vaterlande äußerte, entließ er ihn mit einem ansehnlichen Geschenk. Durch diese Großmut konnte der so lange Geplagte und Verkaufte nun bequem, frei und froh die Rückkehr zur lieben Heimat antreten, und der gerettete Sohn konnte wieder in die Arme der Mutter eilen. Schon hatte er wohlgemut die oldenburgische Grenze überschritten, als das unglückliche Vergessen, die hessische Uniform mit einem Zivilrock zu vertauschen, ihn gerade in den verhaßten Dienst brachte, dem er durch seine Flucht hatte entgehen wollen, und ihm in einem Augenblick wieder Freiheit, Hoffnung und kaum genossenes Glück raubte. Preußische Werber hielten ihn an und schleppten ihn als Deserteur ohne Umstände nach Emden, wo er gemeiner Soldat werden mußte. Den Käfig, in welchen man ihn, wie alle unfreiwillig genommenen Soldaten, eingesperrt hatte, zu zerbrechen, dem ehemals strengen preußischen Dienst und der verächtlichen Behandlung der Soldaten wieder zu entgehen, das war die einzige tröstliche Aussicht, welche ihm hier in der Garnison übrigblieb und die ihn reizte, sobald als möglich zu entfliehen. Einst in einer sternenhellen Nacht führte er seinen Entschluß wirklich aus. Er mochte ungefähr eine Stunde gelaufen sein, als die Lärmkanone seine Flucht ankündigte und die ganze

Gegend zum Verfolgen aufrief. Seume ließ sich dadurch nicht schrecken; aber ein dicker Nebel verhüllte ihm den Weg, machte ihn irre und führte ihn wieder gerade nach Emden in die Hände derer, welchen er zu entgehen glaubte. In seinem Arrest schrieb er mit Kreide einen lateinischen Vers an die Türe der Wachtstube, welcher die traurige Stimmung seiner Seele ausdrückte. Der wachthabende Offizier fragte, wer den Vers geschrieben habe? „Vermutlich der kleine schwarze Arrestant", antwortete die Wache. Das Kriegsverhör begann mit der Untersuchung über den Hexameter, und ein Kapitän behauptete: er sei nicht richtig. Seume bewies aus der Prosodie, daß er vollkommen schön sei, und lehrte die Richter, was zu einem guten Hexameter erfordert werde. Als aber demungeachtet der Kapitän seine Kritik noch zu behaupten suchte, brachte Seume einen Beweis vor, der entscheiden mußte: er zog seinen Virgil aus der Tasche und zeigte, daß jener Vers aus dem größten Künstler der lateinischen Poesie genommen war. Die Untersuchung über eine Stelle aus dem Virgil führte zu der Frage, wie er in den Dienst gekommen sei? und als Seume hierauf finster antwortete: „Durch Gewalt von den Preußen wie von den Hessen", ließ man Gnade für Recht ergehen und befreite ihn von dem Arrest. Der brave General Courbière, welchen die Preußen nach der Schlacht bei Jena mit Achtung öffentlich genannt haben, nahm sich seiner an, erleichterte ihm den Dienst, trug ihm auf, seine Kinder zu unterrichten, und empfahl ihn mehreren Familien. Jetzt hatte Seume keine Not. Aber weil er nicht hoffen durfte, wieder loszukommen, und keine Aussicht hatte, befördert zu werden bei der Einrichtung Friedrichs II., nach welcher nur die Adeligen Offizierstellen erhalten konnten, dachte er an einen neuen Versuch, zu entfliehen, ungeachtet der erste so wenig gelungen war. Es war Winter; die grundlosen Wege und Felder in Ostfriesland mochten eben hart und die weiten, tiefen Gräben eben zugefroren sein, als Seume seinen Posten verließ und, in Dunkelheit der Nacht, das Weite suchte. Noch in ebender Nacht fing es an zu tauen; der Regen strömte vom Himmel und machte die Felder, worauf Seume seinen Weg in der Entfernung von der Landstraße und den Dörfern suchen mußte, zu tiefen Morästen. Länger als vierundzwanzig Stunden war er, durchnäßt und erhitzt, fortgewatet, durch das Eis in tiefe Gräben gesunken und hatte mit fast übermenschlicher Anstrengung sich bis nahe an die Grenze gearbeitet, als er sich erschöpft fühlte und der Ohnmacht nahe in ein Dorf ging. Die Leute halfen ihm; aus seinen Stiefeln floß das Blut; man legte ihn in ein Bett. Der freundliche Amtmann des Orts besuchte ihn, gab ihm Erquickungen und sandte ihn den anderen Tag auf einem Wagen sorgfältig in Stroh gepackt, unter einer handfesten Bedekkung, wieder nach Emden in die Ketten zurück. Wer vermochte jetzt den Unglücklichen, welchen jedermann schon froh in Sicherheit glaubte, den seine Offiziere selbst mit Jammer wieder eingeliefert sahen, zu retten? Zum Unglück war der General, sein Gönner, mit dem Obersten des Regiments gespannt; keiner traute dem andern, um etwas für den Arrestanten gegen die fürchterlichen Kriegsgesetze zu wagen. Die angesehensten Männer in Emden verwandten sich für Seume mit allen Kräften, doch ohne glücklichen Erfolg; vergeblich bat fast die ganze Stadt. Endlich kam die Jugend, an ihrer Spitze die eigenen Kinder des Generals, und baten mit Tränen und Händeringen für ihren geliebten Lehrer um Gnade. „Kinder“, sagte der General, konnte aber vor Wehmut kaum sprechen, „Kinder, ich kann nicht, so gern ich wollte.“ – Man nahm Seume die Ketten ab und stellte ihn vor das Kriegsgericht, welches ihn zu zwölfmal Spießruten verurteilte. Finster und schweigend trat er ab, als der Oberst „Halt!“ rief. Seume trat wieder vor. Der Oberst sprach weiter: „In Rücksicht des sonstigen guten Betragens des Arrestanten, seines moralischen Lebenswandels und des guten Gebrauchs, welchen er von seinen Talenten macht, auch wegen der Art und Weise, wie er in den Dienst gekommen ist, verwandelt das Kriegsgericht die bestimmte Strafe in sechswöchiges Gefängnis bei Wasser und Brot." – Der General setzte halblaut hinzu: „Arrestant wird es wohl auch nicht übelnehmen, wenn ihm die Bürger zuweilen ein Stück Braten spenden." Dieser Wink wurde gut verstanden. Seume schmauste während der sechs Wochen seines Arrestes durch die Gutmütigkeit der Bürger in Emden besser als der General und konnte noch von seinem Überfluß den Kameraden reichlich mitteilen.

Diese letzte Flucht, die blutige Strafe, welche die preußische Disziplin für eine zweite Desertion bestimmte, und die unerwartete glückliche Wendung, mußten Seume noch bekannter machen, als er es schon vorher war, und ihm allgemeine Teilnahme erwecken. Die Sache hatte durchaus keine nachteiligen Folgen für ihn; der Dienst wurde ihm nicht schwerer gemacht, seine Freiheit nicht beschränkter, als sie vor seiner Entfernung war; er konnte seine Lehrstunden wieder fortsetzen, und es fehlte ihm an nichts als an Unabhängigkeit vom preußischen Dienstzwange. Einst fragte ihn ein begüterter, braver Mann, ein Bürger der Stadt: „Warum, Seume, suchen Sie nicht Urlaub, um einmal nach Sachsen zu reisen?" „Ich würde ihn nicht erhalten." „Sie werden ihn gewiß erhalten; bieten Sie nur eine Kaution." „Das kann ich nicht, denn ich habe nicht so viel Geld." „Dann habe ich. Bieten Sie achtzig Taler; sprechen Sie morgen mit dem General!" „Ich komme nicht wieder." „Was geht das mich an? machen Sie das, wie Sie wollen; achtzig Taler stehen parat." Seume bat um den Urlaub, erhielt ihn und kam glücklich bei seiner glücklichen Mutter in Poserne an.

Jetzt faßte er den Plan, sich in Leipzig ganz den

Wissenschaften zu widmen, und während er seinem Körper nach so vieler Anstrengung Erholung gewährte, den Geist in größere Tätigkeit zu setzen. Wovon aber sollten die achtzig Taler Kaution, die ihm so edelmütig gegeben waren, wiedererstattet werden? Die gute Mutter hätte gewiß den letzten Heller für den geliebten Sohn und das wiedergefundene Glück hergegeben; aber der gute Sohn verschwieg die Schuld sorgfältig, weil er wollte, daß die liebende Mutter sich um seinetwillen nichts versagen und in keine Verlegenheit kommen sollte. Der Kreissteuereinnehmer Weiße, der liebenswürdigste Mensch, den ich in einem Zeitraume von einem halben Jahrhundert habe kennenlernen und dessengleichen ich auf meinen Reisen nirgends gefunden habe, schaffte Rat und half Seume auch aus der Not, die ihm jetzt noch auf dem Herzen lag. Weiße gab Seume einen englischen Roman: Honorie Warren, zum Übersetzen; als dieser mit der Arbeit fertig war, ging jener damit zu dem Buchhändler Göschen, sagte ihm den Zweck derselben und erzählte ihm die Geschichte des Übersetzers. Dieser Roman ist 1788 gedruckt erschienen. Das Honorar dafür wurde nach Emden an den Mann gesandt, welcher durch seine Großmut Seumes Befreier geworden war und auf die Wiedererstattung wahrscheinlich gar nicht gerechnet hatte.

Vielleicht haben wenige Schriftsteller ihre Laufbahn aus so edlen Absichten als Seume begonnen; denn sein erstes Werk ist ein rührendes Denkmal des Edelmuts eines Bürgers in Emden, der Dankbarkeit, Redlichkeit und kindlichen Liebe des Verfassers, wodurch dieses Buch jedem fühlenden Herzen interessant werden muß.

Jetzt widmete sich Seume, nach einer langen und prüfungsvollen Unterbrechung, ganz den Wissenschaften mit aller der Freiheit, die er sich ehemals gewünscht hatte und mit angeborener Liebe und Ausdauer, an dem Orte, den er ehemals aus freiem Entschluß verließ.

Der Abweg, welchen er damals von seiner akademischen Laufbahn einschlug, hatte ihn durch scharfe Dornen, durch ein zwar schmerzliches, doch läuterndes Fegefeuer geführt. Die wirkliche Welt, der Umgang mit edlen und niedrigen Naturen, die sonderbaren Verhältnisse wilder, roher und disziplinierter Menschen im Kampf untereinander und mit den Elementen hatten ihm Lektionen gegeben, welche eine herrliche Vorbereitung zu den Studien der Wissenschaften wurden und ihn vor Pedanterie, Schulstaub, Gehaltlosigkeit und Übertreibung sicherten. Um den Aufwand für die geistigen und leiblichen Bedürfnisse auf der Universität zu gewinnen, gab er Unterricht in lebenden Sprachen. Seine Methode war erleichternd für das Gedächtnis, bildend für den Geist, erweckend für das Gemüt; sie und die große Anhänglichkeit der Schüler an ihren Lehrer sind ein Beweis, daß ein vorzüglicher Mensch auf jedem Standpunkt das Rechte trifft und Achtung und Liebe einflößt.

1792 wurde Seume Magister. Der Küster Rothe an der Thomaskirche gab ihm dazu das Geld, zutrauensvoll, ohne Eigennutz, aus reiner Achtung und Zuneigung; ihm ist das Gedicht in den Obolen: „An meinen Freund Rothe" gewidmet.

Zum Beweise hinlänglicher Geschicklichkeit zu einem Magister gehörte damals auch die Ausarbeitung einer Chrie nach hergebrachter Form. Das Formwesen war niemals Seumes Sache gewesen und war es noch weniger jetzt. Da gab es denn beim Examen, statt der Fragen und Antworten, Diskussionen über das Wesentliche in der Meisterschaft der Kunst und in dem Gebiete der Wissenschaft, welche dem Examinator sehr bedenklich und anmaßend vorkommen mußten. Als aber Seume seine Disputation: Die Waffen der Alten, verglichen mit den Waffen der Neuen, verteidigte, war man zufrieden und hielt ihn des Rechts, Vorlesungen zu halten, vollkommen würdig. Der Soldat war in einen

Magister verwandelt, oder, welches die Eitelkeit lieber hört, in einen Doktor der Philosophie. Man kann nicht mit Gewißheit entscheiden, ob die Natur Seume mehr Anlage zum Militärstande oder für die Wissenschaften gegeben habe. Sein Körper war stark wie seine Seele. Aber es schien, als ob er zur Mathematik, die einem Anführer in Feldzügen unentbehrlich ist, weniger Talent und Neigung hätte als zu den schönsten Wissenschaften, der Philosophie und Philologie. Damals scheint Seumes Absicht gewesen zu sein, sich für eine akademische Lehrstelle zu bilden. Er hatte vermutlich deshalb, als Vorbereitung, die Stelle eines Instruktors und Erziehers gesucht und eine solche gefunden in dem Hause der Gräfin Igelström durch seinen Gönner Weiße, welcher, durch seine Kinderschriften, das Zutrauen begüterter Eltern in halb Europa erworben hatte und ganz Deutschland mit Hofmeistern versorgte. Jene Dame hielt sich in Leipzig auf, solange ihr Sohn, der Seume zum Führer erhielt, dort studierte. Der Eleve war wild und sein Erzieher nicht wenig mutig und rasch. Einst, als die jetzt verewigte edle Fürstin, Luise Henriette Wilhelmine von Dessau, bei der Gräfin von Igelström zum Besuch war und bei ihr in einer stillen Laube des Gartens saß, jagten die beiden Herren wie ein paar feurige junge Rosse so gewaltsam vor den nervenschwachen Freundinnen vorüber, daß die Fürstin gar sehr erschrak. „Wer ist der finstre, wilde junge Mann?“ fragte sie. „Der Führer meines Sohnes“, antwortete die Gräfin mit Lächeln. „Führer?“ wiederholte die Fürstin und schüttelte den Kopf. „Ja“, sagte die Gräfin, „und zwar ein sehr guter, wohlunterrichteter Führer! ein sehr redlicher, interessanter Mann.“

Als der junge Graf seine akademischen Studien geschlossen hatte, holte ihn sein Vater von Leipzig ab. Dieser nahm auch Seume mit und führte ihn zu seinem Bruder, dem russischen bevollmächtigten Minister und

General en chef. Er wurde Sekretär des Generals, kam mit demselben 1793 in Warschau an, gewann die Achtung desselben und erhielt von ihm eine Offiziersstelle bei den Grenadieren, damit er Gelegenheit zum Emporsteigen bekommen möchte. Im Besitze des unbeschränkten Vertrauens mußte er alle wichtigen diplomatischen Papiere in jener kritischen Periode, welche der Teilungsgeschichte Polens folgte, für die große Kaiserin Katharina die Zweite ausarbeiten. Der General hatte nicht unterlassen, den Verfasser dieser Aufsätze der Kaiserin zu nennen, und diese hatte ihm die Beförderung seines Grenadierleutnants empfohlen.

Igelström und Seume! Das war eine Verbindung eigener Art. Der alte Hof- und Staatsmann war üppig, prachtliebend, sinnlich, verständig und klug; aus Diensteifer ein tüchtiger politischer Despot, übrigens ein braver Soldat, großmütig und gutmütig. Man hat ihn vieles Bösen beschuldigt; aber Seume hat ihn mit Unparteilichkeit gerechtfertigt in einer Schrift, welche er über die damalige Lage der Dinge in Polen geschrieben hat und welche gleich erwähnt werden wird. Diesem Manne stand Seume zur Seite, wie wir ihn kennen, Seume, der immer die Wahrheit unverholen sagte und von den polnischen Angelegenheiten ganz andere Ansichten hatte als der General und die Kaiserin. Demungeachtet bewies Igelström seinem Sekretär privatim und öffentlich die größte Achtung und ein aufrichtiges Wohlwollen. Der polnische General Kosciuszko hatte die Russen geschlagen; diese nannten ihn einen Meuterer und Bösewicht; Seume sagte, er sei der edelste und bravste Pole, und Igelström erwiderte nichts weiter darauf als: „Mon cher, Sie sind ein sonderbarer Mensch." Wenn Seume in seinem schlechten Oberrock manchmal von seinem Schreibtisch aufsprang, um den General über etwas zu fragen, und ohne Toilette durch das Vorzimmer eilte, worin die vornehmen Polen und Russen vom Militär- und Zivilstande auf Audienz warteten, so hielten ihn diese für einen Domestiken des Generals und behandelten ihn herablassend; er sie dagegen ohne Komplimente, wie seinesgleichen. Der Mensch kam ihnen noch sonderbarer vor, wenn sie ihn hernach an der Tafel mitten unter sich sitzen sahen, wenn der General ihn nicht anders als mon cher nannte und ihm auch wohl eine seltene Schüssel sandte, wenn er wußte, daß Seume sie gern aß. Die Erscheinung war ihnen ein Rätsel, das sie manchmal aus dem Takt brachte und dessen Auflösung oft komisch genug war. Der Ton an des Generals Tafel war ungezwungen, heiter, interessant und witzig. Nicht selten fochten die dort anwesenden Kriegsmänner mit Epigrammen gegeneinander, und unter ihnen waren mehrere, welche, unbeschadet ihrer militärischen Verdienste, mit den Musen so vertraut waren, daß sie während des Essens sehr schöne Verse aus dem Stegreif machen konnten. Der junge, schöne Major von Igelström, ebenso mutig als geistreich und gut, ein naher Verwandter des Generals und ein glänzender Stern in jener Gesellschaft, war vorzüglich Seumes Freund.

Nach und nach wurde es in Warschau bekannt, daß der Sekretär bei seinem Chef viel galt; da versuchte man denn eine Zeitlang, ihn zu allerhand vorteilhaften Spekulationen zu benutzen, bis seine Uneigennützigkeit und Redlichkeit ebenso bekannt wurden als die Gunst des Generals und bis die Bestecher sich einander ins Ohr flüsterten: „Mit dem Menschen ist nichts anzufangen." Unter anderm bat ein Jude um seine Protektion bei Gelegenheit eines Magazinverkaufs. Er meinte, es sei doch besser, daß ein so verdienstvoller Mann wie der Sekretär und ein so ehrlicher Mann als er, der Kauflustige, bei der Sache gewönnen, als ganz fremde und habsüchtige Menschen. „Was wollen Sie denn geben?" fragte Seume; der Jude nannte eine Summe. „So viel", sagte Seume, „ist die Sache nicht wert; es scheint, Sie haben sich sehr verrechnet. Sie werden Ihre

Verbindlichkeiten nicht erfüllen können. Bleiben Sie davon!" „Was?" erwiderte der Jude empfindlich, „ich mich verrechnen? Ich versichere Ihnen, daß noch eine hübsche Summe schöner Dukaten für Sie und für mich ein ganz honettes Profitchen übrigbleibt." Seume wies den Mann zum General und fertigte ihn mit der Versicherung ab, daß er sich in ihm sehr geirrt habe und auf ihn gar nicht rechnen dürfe. So muß man es anfangen, wenn man arm, aber ruhig leben und sterben will.

Der General Igelström versuchte den Stoiker ein wenig zu sybaritisieren; aber auch er sagte sehr oft in guter Laune: „An dem Menschen ist Hopfen und Malz verloren."

Auf heiteres Wohlleben folgten nun wieder Schrekken des Todes. Die Kaiserin verlangte eine Reduktion der polnischen Nationaltruppen; die Polen widersetzten sich, und es brach die Revolution, welche schon lange unter der Asche glimmte, endlich in vollen Flammen aus. Über hunderttausend Polen hatten sich verschworen, und, was unglaublich scheint, diese aus Menschen aller Art zusammengesetzte Verschwörung blieb zwei Jahre lang verschwiegen. Die interessante Begebenheit, ihre Veranlassung und Folge, erzählt Seume in einer Schrift unter dem bescheidenen Titel: „Einige Nachrichten über die Vorfälle in Polen im Jahre 1794, Leipzig 1796", welche er dem Herrn Grafen von Hohenthal auf Knauthain aus Dankbarkeit zugeeignet hat. Er sagt in der Vorrede:

„Es war einer der schönsten Tage meines Lebens, als ein rechtschaffner Mann mich Ihnen, verehrungswürdiger Wohltäter, einst mit den Worten empfahl: Er ist ein Knabe guter Art; der Segen seines Vaters ruht auf ihm. Seine Empfehlung galt, und noch jetzt tut dem Kriegsmanne die Erinnerung im Herzen so wohl, als sie dem Jünglinge oft am Grabe des Vaters tat."

Nachdem er die Verbindlichkeit, welche der Graf

ihm aufgelegt, öffentlich bekannt hat, fährt er fort:

„Wenn irgendeine gute Seele bei einer gutgedachten und gutgesprochenen Stelle mir mit einer leisen Empfindung des Dankes lohnen sollte, so übergebe ich Ihnen den Zoll, den ich durch Ihre Güte zu empfangen in den Stand gesetzt wurde."

Die Darstellung jener fürchterlichen Tage in der genannten Schrift, als ein wichtiges Stück aus Seumes Leben und von ihm selbst geschrieben, muß hier mit seinen eigenen Worten eingeschaltet werden.

„Nachdem die Russen von den Polen geschlagen waren, fingen die Unruhen auch in Warschau an. Der General Igelström nahm dagegen Maßregeln, und nun brach das Blutbad am grünen Donnerstag aus. Die Polen glaubten das Prävenire wählen zu müssen. Ungefähr viertausend Mann polnisches Militär befand sich in Warschau, für welches ihre Chefs mit ihren Köpfen zu bürgen versprachen; aber ihre Bürgschaft half den Russen nichts. Das Verständnis war nur unter einigen kleinen Offizieren von der Krongarde zu Fuße und zu Pferde und von der Artillerie, kaum einigen hunderten Gemeinen und einigen hunderten der unternehmendsten Köpfe von der Populace. Sehr wenige Stabsoffiziere entschlossen sich, Partei zu nehmen. Die Subalternen führten ihre Kompanien, als ob es zum Exerzierplatz ginge, und alles gewann bald ein ziemlich wohlgeordnetes Ganzes. Um Mitternacht brachten die Kosaken schon Rapport von häufigen Bewegungen. Die Mirsche Kavallerie tat früh ungefähr um fünf Uhr den ersten Angriff auf einen russischen Posten von zwei Kanonen, nicht weit vom eisernen Tore, hinter dem sächsischen Palaste, war glücklich in schneller Überraschung, hieb den größten Teil der Leute nieder; vernagelte die Kanonen, und bald lief das Feuer durch die ganze Stadt. Die Russen waren sogleich auf ihren bestimmten Posten, aber alles war noch wie in einer fremden Welt und wußte so wenig von der Absicht der andern bei dem Lärm, daß russisches und polnisches Militär noch mit Honneurs voreinander vorüberzogen. Mit vieler Geschicklichkeit hatten die Polen, welche natürlich die russischen Posten wußten, die verschiedenen Kommandos abgeschnitten. Nun gab es erst Erklärungen, und in kurzem war alles in Feuer. Die Polen öffneten das Zeughaus und führten ihre zahlreiche ziemlich wohlbediente Artillerie heraus und fingen an aus allen Kräften mit derselben zu arbeiten. Bis ungefähr um zehn Uhr war das Gefecht noch sehr furchtsam von seiten der Polen, indem die Populace sich noch scheute, sogleich tätig Partei zu nehmen. Aber um diese Stunde hatte man schon einige Offiziere gefangen, einige Posten und einige Kanonen genommen; und alles strömte nun nach dem Zeughause, um Waffen und Munition zu holen, welche man denn auch an alle und jede mit Vergnügen austeilte. Auch war schon an verschiedenen Orten Munition aufgeführt. Man stelle sich vor, daß von den Russen nicht mehr als fünftausendfünfhundert Mann unter dem Gewehr standen, daß fast eine gleiche Anzahl polnischer Soldaten und gewiß über zwanzigtausend Bewaffnete aller Art gegen dieselben fochten, daß die Polen eine Überlegenheit in der Menge ihrer guten und wohlbedienten Artillerie hatten, daß sie überall den Vorteil der Position in den engen Gassen und allen Plätzen durch genauere Kenntnis der Lokalität sich zu erwerben wußten, daß sie nicht von Enthusiasmus, sondern von Wut hingerissen blind auf den Tod liefen; nehme man dieses alles, und man kann fast nach mathematischer Berechnung den Ausgang der Aktion bestimmen. Einige Bataillons der Unsrigen gingen unstreitig etwas zu frühe unter dem Kommando des Generals Novitzky aus der Stadt; und das Ganze konnte also deswegen noch weniger einen Vereinigungspunkt gewinnen. Hätte der General Igelström am Donnerstage das ganze Unternehmen der Polen, alle ihre Vorteile und die ganze augenblickliche Lage der Seinigen gekannt; ich bin versichert, er würde nicht mit Hartnäckigkeit die Stadt haben behaupten wollen, da ihm der Rückzug noch frei stand. Aber Mangel an Kommunikation ließ selbst den kommandierenden General nur einen Teil der Geschichte übersehen; und diese Kommunikation war unter den Umständen gar nicht so leicht, als mancher wohl glauben dürfte. Es wurden viele Kuriere erschossen oder gefangen, die von einem Posten zum andern geschickt wurden. Das Gefecht dauerte mit abwechselndem Glücke den ganzen Donnerstag fort. Eine offene Feldschlacht ist nach dem Zeugnis aller alten Offiziere ein Spielwerk gegen eine solche Mönchsklepperei, wo der ehrliche Kerl aus dem Winkel niedergeschossen wird, ohne einen Feind zu sehen. Die Schüsse flogen von den Ecken, aus den Kellern, aus den Fenstern, über die Mauern, von den Dächern; und von unten und oben und von allen Seiten und überall war Tod, und niemand zeigte sich. Ungefähr siebzig Kanonen von verschiedenem Kaliber arbeiteten ohne Aufhören durch die Plätze und Gassen der Stadt; bald drängten die Russen, bald die Polen. Das Rikoschet der Kartätschen rasselte grell von einer Mauer zur andern und schlug nieder, was die geraden Kugeln nicht fassen konnten. Schon waren die Straßen mit Leichen bestreut. Man konnte schon deutlich sehen, daß wir uns unmöglich würden halten können. Die Nacht brach ein; das Postengefecht dauerte fort. An allen Ecken und Plätzen der Stadt arbeitete das Geschütz; und das kleine Gewehr machte von allen Quartieren eine grelle Musik während der Pausen. Die Nacht war furchtbar schön. Der Himmel schien sie gemacht zu haben, um den Menschen Spielraum zu ihrer Torheit zu geben; mit glänzender Ruhe blickte der Mond auf den Wahnsinn der Elenden herab. Die beiden Abende werden lange, vielleicht immer ihr Bild in meiner Seele lassen; es ist groß und schrecklich. Der ferne und nahe Donner der

Stücke, der sich fürchterlich dumpf durch die Straßen brach, das Geknatter der kleinen Gewehre, der hohle Ton der Lärmtrommeln, der Totenlaut der Sturmglocken, das Pfeifen der Kugeln, das Heulen der Hunde, das Hurrageschrei der Revolutionäre, das Klirren ihrer Säbel, das matte Ächzen der Verwundeten und Sterbenden; nehmen Sie dieses alles in der tiefen, hellen, herrlichen Mitternacht, und vollenden Sie das Gemälde nach Ihrem eigenen Gefühl. Ich vergaß unter der Größe des meinigen der Gefahr und freute mich einige Augenblicke, bei der schaurigen Szene gegenwärtig zu sein. Schon den Donnerstag nachmittag waren die Polen in das Hinterteil des Igelströmischen Palastes, wo der Ingenieurgeneral von Suchteln stand, einmal eingedrungen und hatten aus demselben alle Hofzimmer, unter denen die Gesandtschaftskanzlei war, mit ihren Kugelbüchsen zerschossen; wurden aber nach einer Stunde wieder daraus vertrieben. Von allen Seiten wurde der Palast bedrängt, und schon gegen fünf Uhr abends das hintere Tor, welches die Polen mit Gewalt zu erbrechen suchten, verrammelt und der Torweg mit toten Pferden gesperrt. Zu bewundern war es, daß nichts Feuer fing; indem das Schießen von beiden Sciten so heftig war, daß man vor Dampf keine Handbreit im Hofe sehen konnte. In der Nacht selbst gab der General die Hoffnung auf, sich länger halten zu können. Die Zeit eines glücklichen Rückzugs war verstrichen, und nun dachte man bloß auf Rettung. Der General schickte verschiedene Offiziere als Kuriere zu dem damaligen Brigadier Mokronowsky, der an der Spitze der Revolutionäre stand, um wegen des Auszugs zu verhandeln; aber keiner kam zurück; und wenn man auch dieses Verfahren der Polen mit der allgemeinen Verwirrung entschuldigen wollte, da man ihnen durch die Wut des Pöbels keinen sichern Rückweg schaffen konnte, so ist doch das folgende Benehmen der Herren, die durchaus mit ihren Kanonen Gerechtigkeit predigen wollten, sonderbar genug, indem man alle diese Offiziere, unter welchen selbst der Brigadier Bauer sich befand, hernach als Kriegsgefangene behielt, da sie doch auf Treu und Glauben mit Trompetern gekommen waren; eine von den vielen Inkonsequenzen, die man in der ganzen Geschichte findet. Der General Igelström schaffte sich endlich mit ungefähr vierhundert Mann, nachdem er sich im engsten Gedränge noch bis den Freitag nachmittag geschlagen hatte, mit Gewalt nach der Seite von Povonsk einen Ausweg. Hätten die Polen Disposition und Entschlossenheit genug gehabt, so wären wenige Russen durchgekommen, gestehen selbst einige wackere Offiziere von den Unsrigen, die bei der Retirade waren; aber die Russen fochten wie Russen. Die Grenadiere wiesen jeden Vorschlag und Zuruf, sich zu ergeben, mit Verachtung zurück und sagten: ihre Bajonette würden ihnen schon Durchgang verschaffen. Auch schleppten sie wirklich Schwerverwundete unter dem heftigsten Feuer von allen Seiten bis vor die Stadt hinaus, wo sodann die herbeieilenden Preußen ihren Rückzug deckten. Ich hatte das Unglück, da ich eben einen schwerverwundeten Kameraden, den ich schon einige Male besucht hatte, auf noch einige Augenblicke sehen wollte, in der Eile zurückgelassen, abgeschnitten, von einem Ort zum andern getrieben und endlich gefangen zu werden. Was seit der Zeit im Felde vorgegangen ist, kann ich nicht als Augenzeuge, sondern nur durch Nachrichten und aus der Wirkung wissen, die es auf Warschau hatte; und auch dieses nur unzulänglich, da unsere Gefangenschaft so enge war, daß wir Kriminalverbrechern ziemlich ähnlich sahen.

Den Freitag nachmittag hatte sich also der General Igelström mit den einigen Hunderten, die er noch zusammenziehen konnte, durchgeschlagen und sich mit den Preußen vereinigt. Die Zurückgebliebenen wurden meistens niedergemacht, wenn sie nicht so glücklich waren, einem vernünftigen Militär oder sonst menschlichen Menschen in die Hände zu fallen. Ich verbarg mich im Hotel des Grafen Borch, wo mein verwundeter Freund lag, in welches ich, als ich zu den Unsrigen retirieren wollte, von einer Partei zurückgetrieben wurde. Das Gemetzel fing nun erst an recht wütend und grausam zu werden, da die Polen nun entschieden überall das Übergewicht hatten und der bewaffnete Pöbel selten Gefühl für Menschlichkeit hat; und das Schießen dauerte, wiewohl nicht so stark als gestern und heute vormittag durch die ganze Stadt fort bis ohngefähr um Mitternacht, wo sodann nur unterbrochen aus kleinem Gewehr gefeuert wurde. Den Sonnabend früh fing es in einzelnen Parteien, wo sich noch die Feinde trafen, zuweilen hartnäckig wieder an, indem sich einige Rotten Russen wie Verzweifelte wehrten; hörte aber gegen den Mittag ganz auf. Denn jetzt wurde zur Ruhe geschlagen und geblasen; und hier muß ich gestehen, so groß vorher das Geschrei, der Lärm, das wilde Geschieße und verworrene Geheul bei Morden und Plündern gewesen war, so schnell war nun alles stille; es fiel kein Schuß, kein Schlag mehr. Ich war so glücklich gewesen, vor der Wut der besoffenen Parteien mich verborgen zu halten, indem ich wirklich in den Todesstunden, wo keiner der Unsrigen, als nur Erschlagene und Halbtote, mehr zu sehen war, meine Retirade hinter ein großes Bollwerk alter Fässer auf einem der obersten Böden nahm. Unzählige Parteien zogen zu Mord und Raube unter und neben mir hin, rekognoszierten glücklich umsonst alle Schlupfwinkel um mich her und zogen mit dem tröstlichen Fluche fürbaß: Verdammt, hier sind keine Russen. Sie sehen, lieber Freund, daß ich sehr offenherzig erzähle, da niemand um die Geschichte weiß als ich selbst; denn daß ich die Nacht vom Karfreitag zum heiligen Sonnabend ganz ruhig hinter einer Batterie Tonnen auf einem der höchsten Böden Warschaus über Welt und

Menschen und ihre und meine Narrheit philosophierte, wird man wohl schwerlich unter die Heldentaten rechnen.

Nachdem ich einmal das Unglück gehabt hatte, zurückzubleiben; und wer damals zurückblieb, den konnte man eben nicht geradezu der Poltronnerie zeihen; nachdem ich mich ferner ziemlich mathematisch überzeugt hatte, daß ich allein wohl schwerlich Warschau behaupten würde, so fing ich omnibus modis an darauf zu denken, wie ich nun meinen Hirnschädel endlich sichern möchte; und der Himmel war so gnädig, mich zu schützen. Der fürchterlichste Augenblick meines Lebens war der Sonnabend morgen, als das Gefecht in einzelnen kleinen Partien wieder anfing. Es hatten sich nämlich noch einige von unsern Soldaten mit mehreren Bedienten, Weibern und Kindern von der Ambassade auf einen Boden des andern Flügels von dem Gebäude retiriert, den von mir nur eine dünne Bretterwand schied. Eine starke Partei vermutlich von gestern oder schon wieder heute besoffener Polen drangen auf den Boden, und die russischen Soldaten wollten den Angriff zurücktreiben. Das Gefecht fing also oben an. Stellen Sie sich vor, auf einem Obergebäude das Krachen der Schüsse, das Geklirr der Gewehre, das wütende, unartikulierte Gebrülle der Polen, das Geschrei der Russen, das Kreischen der Weiber und Kinder in der Todesangst; es ist doch etwas ganz anderes, als wenn man dergleichen nachgemacht auf dem Theater sieht und hört. Ich selbst war für mich in diesem Momente in Sicherheit; aber mein Gefühl ergriff mich mächtig; ich bebte, ich fühlte Kälte durch meine Glieder fahren, die Haare starrten unter dem Hute; ich glaube, es war selbst Todesangst: es war eine unnennbare schreckliche Empfindung, die ich in meinem Leben weder vorher noch nachher gehabt habe. Mir war diese Erfahrung Bestätigung einer Meinung, die ich immer gehabt habe; um das Gefühl eines Mannes zu seiner Höhe zu treiben, gehört notwendig die ganze Macht der Sympathie: Zufälle seiner eigenen abgesonderten Individualität reißen ihn nie so sehr außer sich, daß er sein Gleichgewicht verlöre, oder er verdient nicht mehr, daß man ihn Mann nenne. Ich hatte während der ganzen Zeit meiner Kryptomilitärschaft hinter den Tonnen meinen Degen in der Faust, um ihn an vernünftige Leute mit Anstand abzugeben oder ehrlich in der Arbeit zu sterben, wenn mich eine Rotte Bedlamisten entdeckte; ein Tertium war schwerlich denkbar. Ich hatte seit Mittwoch abend nichts als einige Bissen Konfekt gegessen, die mir ein Soldat vom Raube reichte, und einige Male einen Trunk Wasser getrunken; Sie können also leicht denken, daß mich den Sonnabend früh Hunger und Durst plagte. Ich rekognoszierte von oben herab die Straße, als sich der Lärm etwas zu legen anfing; aber alles war noch voll Verwüstung und Verwirrung. In dem Hofe des Palastes waren zum wenigsten noch einige Hundert bunten Gesindels aller Art, mit Waffen aller Art, schrien Sprachen aller Art durcheinander; und nur zuweilen brach mit unaufhaltbarer Gewalt der Jubel: Freiheit und Kosciuszko! durch den Haufen. Ganz matt warf ich mich auf den Boden und schlief recht ruhig ungefähr eine Stunde, als mich der hohle Lärm von Fußtritten und das Stampfen der Gewehrkolben weckte: ich fuhr auf und setzte mich wieder in meine alte Positur; aber auch diese Gesellschaft ging fluchend vorüber, ohne mich zu wittern. Ich wartete noch eine Weile; Hunger und Durst fingen von neuem an gewaltig zu werden; ich hesitierte noch etwas, denn wer hesitiert nicht ein wenig, ehe er den Fuß rückt, wenn der Schritt den Kopf gilt? auch wenn er ziemlich hungrig und durstig ist. Nach kurzer Überlegung ließ ich den Degen liegen, riß die Kordons vom Hute, warf Feldzeichen und Feder weg und marschierte so entschlossenen Mutes, da ich zum Glück nur einen blauen Überrock an hatte, durch das Getümmel. Zwei Schildwachen standen am Eingange des Hauses, viere am Tore; niemand bemerkte mich unter der Verwirrung. Alle Straßen lagen voll toter Pferde, Sättel, Mäntel, Monturen, Kasken und Exuvien aller Art; die Kadaver der Gebliebenen hatte man gleich des Morgens zusammengesammelt und in den verschiedenen Gegenden der Stadt in Haufen gestapelt, um sie zu zählen und von da sie zu begraben oder in die Weichsel zu werfen. Mich deucht, in der Geschichte mehr Beispiele gelesen zu haben, daß man bei Warschau die Toten in die Weichsel warf. So philosophisch man auch denken mag, empört ein solches Verfahren doch immer das Menschengefühl: ehemals sah man es als etwas Charakteristisches der alten Barbarei an, und jetzt kann es ein Beispiel sein, daß unser Jahrhundert sich von derselben bei weitem noch nicht völlig losgemacht hat. Alles fand ich auf der Straße; die Revolutionäre mit noch blutigen Waffen unter Hurrarufen, die andern als Neugierige, und nicht wenige zeigten sich zu ihrer eigenen Sicherheit; indem niemand sicher war, der nicht wenigstens an der Freude äußerlich teilnahm. Pistolen und bloße Säbel waren in aller Händen; und ich habe selbst Männer wandeln gesehen, die zwei Paar Pistolen im Gürtel trugen, in der einen Hand den Säbel hatten und am andern Arm eine Dame führten. Sie können sich leicht vorstellen, daß meine Promenade keine der angenehmsten war; ich durchwandelte ohne geflissentlich viel Notiz zu nehmen einige Gassen. Das Haus des Generals Igelström war ganz zerstört, es stand nur das Gerippe davon da; in denjenigen einiger andern Russen hatte man nicht viel glimpflicher gehaust. Mein erster bestimmter Gang war zu dem sächsischen Major Herrn von Geßnitz, bei dem ich als einem Landsmanne mir die erste Nachricht von dem Ausgange und der Lage der Sachen holen wollte, da ich selbst weiter nichts wissen konnte, als daß die Unsrigen fort waren. Der Major kam mir mit weit größerer Angst entgegen, als ich selbst hatte, und bat mich um Gottes willen, nicht in sein Haus zu kommen. Dem Vater einer Familie mußte dieses Gefühl natürlich sein; ich versicherte ihn, daß ich durchaus nicht meine Sicherheit auf Kosten der seinigen erkaufen wollte, auch wenn man mich vor seiner Schwelle niederhauen sollte. Er konnte oder wollte nicht viel sprechen und schien meine augenblickliche Entfernung zu wünschen. Auf seinen Rat sollte ich nach dem Rathause in der Altstadt zu dem erwählten Präsidenten Sakreczewsky gehen und mich zum Arrest melden. Unwillkürlich marschierte ich von ihm fort durch den Sächsischen Hof, um einen andern Freund, den Doktor Blauberg, aufzusuchen, der als Arzt doch nicht mit bei der Schlächterei gewesen sein konnte. Hier erschien ich als ein Gespenst; denn ich sollte mit Gewalt den vorigen Tag nicht weit von dem Hause gefallen sein, und die Bedienten hatten noch die Identität meines Kadavers nach genauer Besichtigung behauptet. Kaum wollte man mir glauben, als ich selbst das Gegenteil versicherte. Den Doktor selbst hatte man eine halbe Stunde vorher als den Russen anhänglich abgeholt, und sein alter Schwiegervater bat mich inständig, ihn nicht in Gefahr zu setzen. Er bot mir Säbel und Pistolen an, damit ich unter der Maske eines Revolutionärs sicher in das Arsenal kommen könnte. Ich liebe nie die Maske; ich dankte ihm und wandelte voll Verdruß einige Gassen auf und ab. Der Mann meinte es gut; er war selbst Pole und konnte nichts anders tun, wir waren beide in Verlegenheit. Ich kam unvermerkt wieder in den Sächsischen Garten und hielt hier, auf dem besten Spaziergange in Warschau, mit mir selbst Kriegsrat, was ich wohl mit meinem Kopfe anfangen sollte. Alle Ausgänge waren besetzt, die Gegend wimmelte von Truppen und wilden Revolutionären; und vor der Stadt, sagte man mir im Hause des Doktors, wird alles niedergehauen, was man auffängt. Noch unentschlossen, was ich tun sollte, war ich in Gedanken in die Krakauer Vorstadt gekommen, und hier hielt das Schalinskische Regiment mit seinen Kanonen. Einige Offiziere sprachen französisch, und plötzlich fiel mir ein, es wäre am besten, ich bliebe hier; und sogleich war ich bei ihnen. Meine Herren, sagte ich, ich bin ein russischer Offizier, bei Ihnen kann ich hoffentlich sicher sein. Sie sahen mich voll Verwunderung an, und mir selbst war es nun unbegreiflich, wie ich, da ich doch Uniform-Unterkleider trug und der Hut mit Knopf und Litze noch ganz militärisch aussah, durch das wütige Gewimmel gekommen war. Meine erste Bitte war um etwas Trinken, und sie ließen sogleich aus der nahen Apotheke etwas Zimmetwasser holen, welches mir mit einem Stück Kommisbrot auf der Kanone recht köstlich schmeckte. Die Offiziere waren sehr höflich und artig und fragten und sagten manches über die Begebenheit; einige davon erinnerten sich nun, mich in der Uniform gesehen zu haben. Sogleich versammelten sich um uns her einige Dutzend von der Populace und fragten mit grimmigen Blicken: ob ich kein Russe wäre? da ihnen aber ein Offizier sagte, ich sei ein Franzose, und sie mich französisch sprechen hörten, gingen sie halb mißtrauisch weiter. Sie haben uns viel, sehr viel zu schaffen gemacht, sagte mir sodann ein Offizier, welcher deutsch sprach; unser Regiment hat zweihundertfünfzig Mann Verlust; aber wie konnte Ihr General die Stadt gegen unser Militär, unsere starke Artillerie, unsere ganze bewaffnete Bürgerschaft, gegen alle unsere Vorteile, die uns Lokalkenntnis gab, behaupten wollen? wahrlich, die Idee war gigantisch. Ich sagte ihm, daß man Vorfälle nicht immer vorhersehen könne und daß keiner gewinnen würde, wenn sich der andere nicht verrechnete. Alle waren sehr artig; und zwei von ihnen begleiteten mich nach dem königlichen Schloß, wo mich Makronowsky, der eben dort war, auf die Hauptwache bringen ließ.

Als ich den Sonnabend nachmittag im Schlosse anlangte, hatte man eben vor dem Schloßtore noch einige Russen niedergehauen, die die Wache nicht retten konnte. Nun fing die Ungezähmtheit und Gesetzlosigkeit an, ihre Kräfte zu zeigen. Alles trug Waffen; und nur sehr wenige hatten Vernunft genug, um zu sehen, was weiter geschehen würde. Es herrschte bloß Haß, Wut und Wahnsinn; und um die Grausamkeiten zu beschönigen, erdichtete man die lächerlichsten Beschuldigungen. Leicht ist es, die Rache des Pöbels zu reizen, aber sehr schwer, sie zu besänftigen. Man sprach von Freiheit, und niemand hatte davon einen Begriff; alles war zügellos, und bei der geringsten Veranlassung drohte man, alle Gefangenen ohne Unterschied zu morden. Die einstweilige Regierung wandte zwar alles an, um wieder Ordnung herzustellen; aber folgendes Beispiel zeigt, wie schwach das Ruder gegen den Sturm war. Bei einer kleinen nichtswürdigen Veranlassung wurden den ersten Osterfeiertag achtzig russische Gefangene niedergemetzelt. Ich habe die Geschichte mit den Umständen von einem Polen, der Augenzeuge des schändlichen Schauspiels gewesen ist, der zuvor nichts weniger als russischer Partisan war, aber nach und nach, durch wilde Unordnung und dergleichen Unmenschlichkeiten getrieben, selbst in der größten Gefahr fast immer für uns war. Obige Anzahl Gefangener sollte von einem Ort zum andern gebracht werden. Alles geht, natürlich voll Neugierde, bewaffnet vor, neben und hinter ihnen her, um recht nach Herzenslust spotten und schimpfen zu können, welches jederzeit das Vergnügen des Pöbels jeder Art ist. Ein kleiner giftiger Junge, dem vermutlich die Physiognomie eines der Gefangenen zuwider war oder der von ihm auf seine Spottfragen eine nicht genug demütige Antwort erhalten hatte, schießt mit der Pistole nach ihm, trifft aber zum Unglück einen dabei kommandierten Offizier durch den Arm und hat die listige Bosheit, die

Pistole dem Gefangenen unter die Füße zu werfen und zu sagen: dieser habe sie ihm aus dem Gürtel gerissen und nach dem Offizier geschossen. Alles ward wütend, schrie Halt! und wollte sogleich über die Gefangenen herfallen. Die Menge wuchs, man führte schon Kanonen mit Kartätschen herbei, und kein Ansehen einiger herbeigeeilten Magistratspersonen half etwas. Die Gefangenen fielen auf die Knie, baten flehend und mit gefalteten Händen, man möchte untersuchen und den Schuldigen töten; nichts, man drohte, alle Gefangenen in allen Gefängnissen zu ermorden, wenn man ihnen nicht diese preisgeben wollte. Die Krise war schrecklich: das Militärkommando war nicht stark genug, den bewaffneten Pöbel zu zähmen; er fiel mit dem Säbel über die armen Elenden her und metzelte sie mehr als schlächtermäßig alle nieder. Leute, die zugegen gewesen sind, können das Gräßliche des Anblicks nicht genug beschreiben, wie die noch zuckenden rauchenden Glieder der Zerstümmelten in einem kleinen Raum auf der Methstraße umhergelegen haben. Das ist Volkswut. Gesetzt auch, welches doch selbst Polen als nicht wahr eingestehen, daß der Gefangene die Pistole im Grimm ergriffen habe, so konnten doch nur Unmenschen deswegen so viele Unschuldige niederhauen. Dieses war einer der kritischen Augenblicke für die Gefangenen; und der Major Wengersky, der durch seinen Volkston viel Ansehen und Gewalt über die bewaffnete Menge hatte, sagte nachher zu uns: „Kinder, dieser Sturm war gestillt, gebe Gott, daß er nicht von neuem ausbreche; sein Sie um Gottes willen ruhig und vorsichtig; denn in dieser Lage kann man für nichts stehen." In der Schloßwache waren ohngefähr sechzehn gefangene Offiziere von den Unsrigen, die meisten verwundet und einige sehr schwer. Hier wurden wir aus des Königs Küche gespeist, und man begegnete uns mit vieler Artigkeit. Nach vierzehn Tagen wurden die Kranken in das Spital und wir übrigen in das Kommissionshaus gebracht, wo wir mehrere unserer Kameraden vorfanden. Hier trat die neuerwählte Kommission ihre Funktion förmlich an und nahm uns unter nähere Aufsicht, und wir gewannen täglich mehr das Ansehen von Kriminalisten. Kaum hatten wir Stroh zum Schlafen; zum Essen nicht Messer und Gabel; und erst nach einigen Wochen ließ man sich bedeuten, daß wohl schwerlich ein Offizier über Tische mit einer Gabel sich oder seine Wache töten würde. Man fing an, uns Messer und Gabel, jedoch nur bei Tische, zu erlauben, und jedesmal standen bei dem Essen doppelte Posten mit bloßem Säbel oder gespanntem Hahn. Bier wollte man anfangs nicht zulassen. Aber an Branntwein fehlte es nie, welches mir gewaltig inkonsequent deuchte; Bücher sollten gar nicht und noch weniger Schreibmaterialien erlaubt werden, so daß sogar ein Arzt sein anatomisches Kompendium verstecken mußte, das er noch durch Zufall gerettet hatte. Hernach wurde man humaner, und endlich hatte Herr Sablotzky von der Kommission sogar selbst die Güte, mir einen beträchtlichen Vorrat Papier zuzustellen, weil er wußte, daß ich ein Poetaster war, und die Poeten sich um politische Intrigen sehr selten bekümmern. Die zweite Krise war vor dem Tage der Hinrichtung der Herren Ozarowsky, Ankewicz, Kossakowsky und Sabiello. Ankewicz, gewesener Präsident des Conseil permanent, hatte, sagt man, einen falschen Lärm veranstalten lassen, als ob die Russen und Preußen zurückkämen, um die Stadt anzugreifen; bei dieser Gelegenheit sollte dann seine Partei die Gefangenen befreien und so vereinigt versuchen, ob für ihn und sie nicht Rettung möglich wäre. Alles stürmte nach dem Arsenal, es wurden Kanonen vorgefahren, es fielen hin und wieder Schüsse: und kein Gefangener durfte es wagen, sich am Fenster zu zeigen, so drohete man abzudrücken. Man fand den Lärm bald falsch; aber alles war eben deswegen in der entsetzlichsten Gärung.

Dieses war ein Donnerstag; den Freitag wurden schnell die Dekrete für die Obenbenannten abgefaßt, und sie wurden hingerichtet. Noch immer droheten Unvernünftige und wahnsinnige Schwärmer den Gefangenen den Untergang, und die Strenge gegen sie ließ nicht nach. Man erlaubte kein Licht und keine Bücher; aber wohl Branntwein und Karten; eine Maßregel, die mir ganz abderitisch vorkam; denn wirklich waren unter einer Menge junger Leute, die auch nicht alle die feinste Bildung hatten, über dem Spiele Rausch und heftiger lärmender Zank nicht selten. Einige Tage nachher hatten einige Offiziere von Distinktion für mich die Erlaubnis erhalten, daß ich in den sogenannten Brühlschen Palast gebracht wurde, wo ehemals Repnin und Stackelberg gewohnt hatten, und wo alle Ausgezeichneten unter den russischen Gefangenen und das ganze Corps diplomatique saßen. Alle waren bis auf das letzte Hemde ausgeplündert; eine Methode, die sich doch wahrlich nicht mit der gepriesenen Menschlichkeit der Revolutionäre vertrug. Noch einige Monate nach der Periode machte der Graf Moschinsky dem General Suchteln ein Geschenk mit einem Hute, weil er bisher beständig hatte müssen mit bloßem Kopfe gehen. Man erlaubte selbst keinem Offiziere, das Geld zu empfangen, das ihm von seinen Verwandten von außen her zur Erleichterung ihres Zustandes zugeschickt wurde, sondern zählte es ihnen nach und nach in Dukaten zu, daß sie sich kaum einzelne Kleidungsstücke machen lassen konnten. Dieses ist zu entschuldigen, da die traurigen Verhältnisse es notwendig machten; daß man aber die Offiziere wie Missetäter auf der Erde liegen ließ, daß man ihnen nicht einmal eine bretterne Bettstelle, lange Zeit nicht einmal einen groben Strohsack und nur höchst wenig erbärmliches Stroh zum Lager gab, ist wohl unter gesitteten Völkern ohne Beispiel. Man ließ uns nicht in die Stadt gehen aus Besorgnis vor der Wut des Pöbels, und daß die Besorgnisse nicht unbegründet waren, beweist der fürchterliche Aufstand, in welchem der Fürst-Bischof Massalsky, der Fürst Czetwertinsky, der Geheimrat Boskamp, der Kriminalgerichtsassessor Wulfers und mehrere andere ihre Opfer wurden. Zwar muß ich selbst hier der Populace die Gerechtigkeit widerfahren lassen, daß sie, als sie die Tore mit Gewalt gesprengt hatten, gegen die Kriegsgefangenen nicht das geringste weder sprachen noch taten, sondern einigen Erschrockenen und Weibern vielmehr Mut einredeten und, wie sie sagten, nur die Verräter, ihre Landsleute, zum Galgen schleppen wollten. Allein wer kann einer wütenden Menge trauen? Nur ein Funke ist genug, ein ganz neues Feuer anzublasen.

Der Feind rückte heran; die polnischen Truppen unter Kosciuszko waren auf ihrer Retirade nicht weit mehr von Warschau. Die Gefängnisse waren voll Staatsgefangener, welches eine starke Wache forderte. Der Dienst in den Schanzen war natürlich sehr strenge und lästig; die Arbeit beschwerlich. Sogleich machen einige Hitzköpfe das Projekt, die gefangenen Polen, die alle den Tod verdient hätten, oder doch die Vornehmsten de facto hinrichten zu lassen. Man richtete des Nachts an zwölf verschiedenen Orten Galgen auf; und auch vor dem Tore des Brühlschen Palastes ward unter einer Menge Fackeln und dem lautesten Vivatrufen so ein Instrument des Volksgerichts aufgepflanzt. Die Kommission ließ mit Anbruch des Tages manche niederreißen, und auch den vor unserer Pforte; aber kaum erfuhr es die erbitterte Menge, so kam sie mit großer Verstärkung unter den Waffen und richtete ihn unter dem gräßlichsten Lärm wieder auf. Einige Delinquenten hatten wirklich Sentenz und sollten diesen Tag gehangen werden; aber man stürmte alle Gefängnisse und führte mit Gewalt heraus, wen man bestimmt hatte. Der Fürst-Bischof wurde unter unserm Fenster dicht an dem Tore in pontificalibus gehangen, die übrigen schleppte man an verschiedene Orte und oft von einem Galgen zum andern, wenn der eine schon besetzt war. Verschiedene von den polnischen Offizieren, die bei diesem Tumulte Ordnung schaffen wollten, wurden verwundet. Die Krise ließ das Schlimmste befürchten. Zum Glück rückte Kosciuszko nach dem Verlust des Treffens bei Czechoczin mit der Armee immer näher nach der Stadt und schickte sogleich einige tausend Mann Kavallerie herein, welche die Ordnung wiederherstellen half. Auf den offenen Plätzen wurden Pikette mit Kanonen aufgestellt und gegen die Ruhestörer mit Strenge verfahren; so daß einige Tage nachher einige Tausend müßige Taugenichtse als Rekruten zur Armee geschickt wurden.

Die Belagerung der Stadt von den Preußen fing an; und während der ganzen Zeit war die Stadt selbst in der größten Ruhe. Man begegnete nun den Gefangenen, soviel als man in der Lage erwarten konnte, mit Achtung und Anstand, ob man gleich natürlich von der Strenge nichts nachlassen konnte."

Die Preußen hatten Warschau zwar belagert, aber nicht genommen. Suwarow verstand das Ding besser, erschien, nahm, zog siegend in die Stadt ein und befreite die russischen Gefangenen.

Seumes Freunde in Leipzig hielten ihn als ein Opfer der revolutionären Wut für verloren; aber wie wurden sie überrascht und nicht wenig erfreut, als er gerettet und wohlbehalten wieder vor ihnen stand. Er kam auf Befehl der russischen Kaiserin nach Sachsen, als Begleiter und Beistand des jungen Majors Muromzow, Sohn des Obersten, der bei Katharina viel gegolten hatte und, auf dem Schlachtfelde schwer verwundet liegend, in polnische Gefangenschaft geraten war. Der Jüngling, welcher durch die Brust geschossen war, suchte Heilung und wurde durch den vortrefflichen Eckhold in Leipzig völlig wiederhergestellt. Diese Sendung war ehrenvoll für Seume, und er konnte nun mit Sicherheit darauf rechnen, im russischen Dienst bald einen bedeutenden Posten zu erhalten, als am 27. November 1796 der Tod die große Monarchin von der Erde wegnahm und Seumes schöne Hoffnungen auf einmal wieder vernichtete. In einer gehaltvollen Schrift: „Über das Leben und den Charakter der Kaiserin von Rußland Katharina II.", die im Anfange des Jahres 1797 in Leipzig erschien, hat Seume den Charakter und die Taten seiner Gönnerin kurz, unparteiisch, würdig und meisterhaft geschildert. Wer ihn für einen unruhigen, mit den Maßregeln aller monarchischen Regierung unzufriedenen Menschen gehalten hat, der wird nach Lesung jener Schrift eine andere Meinung von ihm bekommen und die Gründe wie den Zusammenhang seiner politischen Meinungen erst recht beurteilen können.

Paul I. bestieg nun den russischen Thron. Seine Maximen und Beschlüsse haben vielen wehe getan, auch Seume litt darunter. Alle russischen Offiziere im Auslande wurden strenge zurückberufen, und die nicht gleich kamen, wurden auf der Liste ausgestrichen. Seume war auf Befehl Katharinens in Leipzig; sein Geschäft war ohne seine Schuld noch nicht vollendet; denn Eckholds Kunst und die Heilung der Natur richtete sich nicht nach einem kaiserlichen Ukas; demungeachtet strich man auch ihn aus. Aber Seume war nicht weniger ein harter Kopf als Paul I. Er schrieb und protestierte so lange und so nachdrücklich, bis man ihm einen ehrenvollen Abschied sandte und zugleich die Erlaubnis erteilte, wieder zum Dienst zurückkommen zu können. Auf diese Erlaubnis leistete aber der Leutnant Verzicht, wohl einsehend, daß seine Art und Weise mit Pauls I. Art und Weise gar nicht verträglich war, und blieb frei und unabhängig in Sachsen. Der Charakter des Kaisers ist übertrieben getadelt; Seume hat ihn in mancher Rücksicht gerechtfertigt und richtiger beurteilt in einer Schrift, die unter dem Titel: „Zwei Briefe über die neuesten Veränderungen in

Rußland" 1797 herausgekommen ist und manche noch jetzt interessanten Nachrichten über die Organisation und die treffliche Kleidung des russischen Militärs enthalten, wodurch man geneigt werden kann zu glauben, daß andere Nationen manches davon nachgeahmt haben. Er lebte jetzt wieder in Leipzig von der Schulmeisterei – wie er zu sagen pflegte –, von dem Unterricht im Englischen und Französischen. Seine Leiden und Freuden waren die nämlichen, welche überhaupt dem Menschen zuteil werden, wenn er ein stark fühlendes Herz und einen gebildeten Geist, wenn er eine Bildung hat, die kein Gepräge fremder Gewalt ist, sondern aus dem eignen Geiste durch die von Gott mitgeteilte Kunst entstand.

Ich würde gesagt haben, er habe von jetzt an das Privatleben erwählt, wenn man also ein Leben nennen könnte, welches angewendet wird, für das Beste der ganzen Menschheit zu wirken. Er suchte keine Militärstelle, weil nach seiner Meinung das deutsche Militär nicht für das stritt, was er für das Beste hielt, und weil er auswärtigen Kriegern nicht helfen wollte, Deutschland einst, wie er voraussah, den Folgen des Krieges auszusetzen. Er suchte kein Amt – in einem Amte durfte er das nicht öffentlich sagen, was er mündlich und schriftlich sagen wollte – und er brauchte kein Amt; denn der Unterhalt für ihn, der so wenig bedurfte, war leicht zu gewinnen, und an Erheiterung konnte es ihm nicht fehlen, weil ihm jedes gute Haus, jedes edle Herz offenstand und er den feinsten Sinn für wahre Geselligkeit hatte.

Der Buchhändler Göschen, welcher damals einige schöne Ausgaben deutscher klassischer Schriftsteller druckte, bat Seume, zu ihm nach Grimma zu kommen und die Revision der Handschriften und des Drucks zu übernehmen. Er nahm die Einladung an, arbeitete mit Liebe und Treue und lebte hier in der reizenden Natur, in den Bergen und Schluchten, an den lieblichen Ufern der Mulde. Im Jahre 1800 gab er bei einem andern Buchhändler seine Gedichte heraus. Sein Umgang waren einige gebildete Familien jener Gegend und einige Jünglinge, welche er durch Lehren und Beispiele bildete, zur Entbehrung und Ertragung gewöhnte. War der Winterabend recht unangenehm, so stand er bei anbrechender Nacht von seiner Arbeit auf, ging noch zu diesem oder jenem Freunde auf dem Lande und gebot dem Zögling, in einer Stunde ganz allein nachzukommen. Hatten sie dann wieder ausgeruht, so wandelten sie in dicker Finsternis durch Schneegestöber und Sturm, durch Hügel, Berge und Hohlwege nach Grimma zurück. Es wurde auch wohl zum Mittage beim allerschlechtesten Wetter des Monats Dezember ein Spaziergang von sechs tüchtigen Stunden nach Leipzig beschlossen, um dort in das Schauspiel zu gehen, welches um sechs Uhr abends anfängt. War das Stück geendigt und eine warme Suppe gegessen, so ging die Reise unaufhaltsam gleich zurück, und der Mentor und sein Zögling kamen bald nach Mitternacht wieder in ihrer Wohnung an. Nicht allein die Härte des Winters, sondern auch die Hitze und die Gefahr des Sommers soll die Jugend ertragen lernen. Ein Freund lebte allein auf dem Lande und litt viel von dem Einfluß der Gewitter auf seinen Körper. In einer schrecklichen Mitternacht flogen Blitze auf Blitze vom Himmel, und ein Donnerschlag unterbrach den andern; da dachte Seume an seinen Freund, machte sich stracks mit seinem Zögling auf und erschien bei dem Leidenden als ein freundlicher Engel in der gefährlichen Nacht. Einer dieser Zöglinge, welcher jetzt in Wien ein geschickter Tonkünstler ist, hatte eine sehr zarte, weichliche Natur; demungeachtet wurde diese vermittelst jener Übungen so gestärkt, daß er den letzten Feldzug der Österreicher gegen die Franzosen, ohne sich zu schonen, tapfer mitgemacht und die größten Fatiguen glücklich ausgehalten hat. Die Jünglinge wurden durch diese strenge Erziehungsart zwar hart, aber nicht rauh, stark, aber nicht wild, sie blieben in ihrem Innern sanft und fähig des schönen Genusses der stillen, häuslichen Freuden, welche auch ihr Lehrer so gern und so innig genoß. Wenn seine Freunde ein Familienfest feierten, so durfte Seume nicht fehlen, und sie haben ihn da recht herzlich froh gesehen. Es sind noch viele Gedichte vorhanden, worin er jenen glücklichen Stunden ein Monument gesetzt hat, die jetzt von den Besitzern als heilige Pfänder seiner Freundschaft angesehen werden. Eins bei dem Wiegenfeste eines kleinen Mädchens gedichtete soll hier abgedruckt werden, weil es so leicht und ungezwungen ist.

Für Lottchen zu ihrem neuen Jahre

Der Tag
Mag
So schaurig
Novemberlich sehn,
Er ist doch nicht traurig,
Ist schön.
Das Jahr
War
Dem feinen Geschöpfchen
Mit niedlichem Köpfchen
Ein Blumenaltar:
So werde
Die Erde
Dem lieblichen Mädchen von Jahr zu Jahr!
Nun Lottchen,
Du drolliges Bild,
Du bist ja so wild,
Lauf bald nun ein drolliges Trottchen
Kosakisch,
So schnakisch,

Wie kaum es der liebe Papa
In artiger Gruppe
Der lärmenden Truppe
Der häuslichen Polterer sah.

Seumes einfache, klare und treuherzige Sprache mit dem Landvolke bewog Göschen, auf einem ländlichen Spaziergang, ihn aufzumuntern, ein Sittenbuch für den Stand zu schreiben, den er so gut kannte und den er liebte. Er schenkte die Handschrift seinem Freunde, dem würdigen Pastor Schieck in Pomsen, und sie ist nach dem Tode ihres Verfassers unter dem Titel: „Nachlaß moralisch-religiösen Inhalts“ gedruckt worden. Für das Honorar derselben hat ihr ehemaliger Besitzer der Gemeine des Dorfs Groß-Steinberg eine neue Altar- und Kanzelbekleidung besorgt zum Andenken an den edlen Mann, welcher eines Bauern Sohn war.

Es haben sich hier und dort einige Vers- und Reimmeister, welche in der reinen Kunstform viel geleistet zu haben glauben, mit der Frage vernehmen lassen: ob Seume auch ein Dichter sei? Besteht das Wesentliche der Poesie in hoher Begeisterung, kühnen Gedanken, in tiefem Gefühl des Großen und Schönen, in Gebilden, welche in der Seele entstehen und welche die Seele wahr, lebendig, ergreifend, wohlklingend und melodisch ausspricht, so ist Seume ein Dichter, ungeachtet er kein romantisches Gedicht gemacht hat, sondern nur das poetische Talent zur Unterstützung jener Ideen benutzte, für welche er seine Nation empfänglich machen wollte. Alle seine für das Publikum bestimmten Gedichte sind nur Vorübungen und Vorläufer zu einem großen Lehrgedicht: „Asträa“, welches er nicht ausführen konnte, weil ihn der Tod zu früh überraschte. Durch Schillers Thalia wurde das Gedicht an Münchhausen allgemein bekannt. Schnorr las dasselbe, und es riß ihn so hin, daß er nicht eher ruhte, bis er die

Bekanntschaft des Dichters gemacht hatte. Aus dieser Bekanntschaft, von den Musen geknüpft, entstand ein Bund der Freundschaft, den zu lösen die Zeit nicht vermochte. Bei Schnorr, diesem echten Künstler, wenn, wie Lessing meint, der Kunstsinn den Künstler macht, bei Schnorr, diesem braven Hausvater, der eine zahlreiche Familie durch unermüdeten Fleiß und Entsagung aller erkünstelten Bedürfnisse erhält und trefflich erzieht, bei dem heiteren, durch und durch guten Schnorr aß Seume gewöhnlich des Abends sein Butterbrot und seine Kartoffeln, trank Wasser, wiegte die Kleinen eins nach dem andern auf seinem Schoß und lebte und webte hier in der Kunst und in der wahren, lieblichen Natur.

Seume hatte Empfänglichkeit für die Reize des schönen Geschlechts: er war mehrere Male wirklich verliebt mit der ganzen Stärke und Heftigkeit seines Gemüts. Ich würde dieses als etwas ganz Gewöhnliches, das den mehrsten Geschöpfen zu begegnen pflegt, gar nicht erwähnen, noch weniger bemerken, daß er, wie alle ätherischen und kräftigen Menschen, den Kopf dabei ein wenig verloren habe, wenn es nicht auffallend gewesen wäre, daß die beiden letzten Gegenstände seiner Liebe reiche Mädchen waren. Er suchte ihren Reichtum nicht; aber da sie reich waren, ließ er sich hier gehen und strebte nach einer ehelichen Verbindung mit dem Gegenstande seiner Liebe, weil, wenn er ein Opfer seiner Überzeugung und deren lauter Verkündigung werden sollte, welches gar nichts Unmögliches war, die Gattin nicht verlassen von ihrer Familie und Vermögen sein möchte. Gewiß haben mehrere Mädchen Eindruck auf ihn gemacht; aber wenn sie arm waren, so suchte er gleich anfangs Herr über eine solche Liebe zu werden und ihrer Macht zu entgehen.

Es war überhaupt Plan in seinem Privatleben, wiewohl dieser Plan nicht in die Augen fiel. Als Göschen ihm die Aufsicht über seine damaligen typographischen

Unternehmungen antrug, antwortete Seume: „Zwei Jahre will ich bei Ihnen sitzen, dann muß ich mich aber wieder ein wenig auslaufen. Ich will dann nach Syrakus.“ Mit dem letzten Tage der zwei Jahre, im Anfange des Dezembers 1801, reiste er ab, und nach neun Monaten trat er an demselben Tage, den er als Ziel seiner Abwesenheit bestimmt hatte, auch wieder in Göschens ländliche Hütte ein, zum frohen Erstaunen der ganzen Familie. Wenige Wochen vor seiner Abreise, am Geburtstage der Mutter dieser Familie, seiner Freundin, sang er im Garten bei einer sternhellen Nacht, verkleidet als Einsiedler, folgendes Lied:

Der Abend gießt wie Dämmrungstraum
Sich friedlich durch den Apfelbaum
Und haucht dem Greis am Lebensziel
Noch Jugendgeist ins Saitenspiel.

Ich bin dem Sturm der Welt entflohn,
Und Ruh' ist meiner Seele Ton;
Hoch wogt' ich einst von Pol zu Pol,
Nun bin ich einsam, still und wohl.

Ein Silberhaupt, das weise war,
Sieht tief zurück durch manches Jahr,
Und sieht aus der Vergangenheit
Prophetisch den Erfolg der Zeit.

Es weht mich von der Sternenbahn
Jetzt himmlische Begeistrung an:
Hört, Kinder, hört mit stiller Ruh'
Dem Lied des alten Klausners zu!

Engelharfen tönen laut
Durch der Geister Reihn,
Wo die Tugend Hütten baut,
Gut und froh zu sein.

Gott der Vater schuf die Erde,
Daß sie uns zum Himmel werde.

Freundschaft gibt und Liebe nur
Menschenmajestät;
Jede Freude der Natur
Wird durch sie erhöht:
Ohne diese mag der armen
Traurigen sich Gott erbarmen.

Wenn die Mutter zu dem Fest
Ihre Kinder nimmt,
Und die Freude jubeln läßt,
Die im Auge glimmt;
Welche Zunge könnte sagen,
Was beredt die Herzen schlagen!

Schöner als es gestern war,
Schöner ist es heut;
Und so bringet jedes Jahr
Seine Seligkeit.
Mag die Zeit vorüberfließen,
Weise wissen zu genießen.

Engelharfen tönen laut
Durch der Geister Reihn,
Wo die Tugend Hütten baut,
Gut und froh zu sein.
Gott der Vater schuf die Erde,
Daß sie uns zum Himmel werde!

Während einer Handvoll Tage hatte er die Reise durch Österreich, Italien, Sizilien, die Schweiz, von da einen Abstecher nach Paris, und von Paris nach Sachsen zu Fuße vollendet. Die Veranlassung zu dieser Reise war keine andere als der Wunsch, den klassischen Boden zu durchwandeln und in den großen Begebenheiten, in dem herrlichen Reiche der Kunst des Altertums und in der schönen Natur Italiens anschaulich zu leben. Er hatte geschwelgt in diesen Genüssen; aber er hat darüber nicht wie andere den Geschmack des Guten und Schönen verloren, welches die vaterländische Erde und der Himmel unserer Heimat reichlich gibt. Das beweist folgendes kleine Gedicht:

Den 20. September 1802

Lieben Leute,
Bringet heute
Jeder seiner Gaben beste
Zu der Freundin Jahresfeste!
Freude bringt uns frohen Sinn!
Wo man freundlich sich begegnet,
Seele sich durch Seele segnet,
Wohnt des Lebens Königin.

Ihre Kinder
Fliehn geschwinder,
Doppelt froh sie zu begrüßen
Mit der Freude Feuerküssen,
Heute zu der Mutter Schoß;
Und der Mann des Herzens eilet
Ihnen in den Arm und teilet
Ihres Lebens schönes Los.

Aus den Blicken
Strahlt Entzücken,
Und es leuchtet in der Ferne
Mit der Hoffnung Flammensterne
Schön und mild die Zukunft schon.
Mögen, Freundin, dir auf Erden
Oft noch solche Stunden werden,
Und die Zeit ist nicht entflohn.

Am Ätna wächst die Frucht der Hesperiden
Und Öl und goldner Wein;
Allein man wohnt am Ätna nicht zufrieden
Und kann nicht ruhig sein.

Der Feuerberg stürzt aus dem Höllenschlunde
Oft seine Flut herab,
Und wälzt die Stadt mit Öl und Frucht zugrunde
Und macht ein großes Grab.

Am Hügel hier blühn jetzt noch schöne Rosen –
Und wächst auch etwas Wein;
Auch können wir beim Lied vertraulich kosen
Und immer ruhig sein.

Zwar nickt uns nicht von einem hohen Baume
Die Ambrafeige zu,
Doch pflücken wir vom Ast die Mohrenpflaume
Und essen sie in Ruh'.

Die Mandel fehlt, wir haben aber Kirschen,
Und haben dran Gewinn;
Und gäben wir wohl unsre Purpurpfirschen
Für die Granate hin?

Der Ätna ist ein häßlicher Herr Vetter
Mit seiner Feerei:
Hier kommt wohl auch ein kleines Donnerwetter,
Doch ist es bald vorbei.

Drum wollen wir genießen, singen, kosen,
Und froh sein wollen wir.
Singt, Freunde singt: Es leben unsre Rosen
Auf unserm Berge hier!

Nach Vollendung dieser großen Wanderung ruhte er wieder in Leipzig aus und schrieb seinen „Spaziergang nach Syrakus". Dieses Werk verschaffte ihm als Schriftsteller und als Mensch eine große Achtung bei allen Edlen von der Newa bis an den Rhein. Jetzt, da die öffentliche Meinung für ihn war, tadelte er mit Kühnheit alles, was er als Fehler und Mißbräuche in den gesellschaftlichen Verhältnissen erkannte, und sagte ohne Schonung der Person das Gute und Böse einer jeden Verfassung gerade heraus. In der Vorrede zu seiner Übersetzung von Percivals Beschreibung des Vorgebirges der guten Hoffnung (Leipzig 1805) macht er den Engländern, wie den andern Eroberern, über ihr politisches Verfahren starke Vorwürfe und sagt ihnen seine Meinung ohne Zurückhaltung. „Der Verfasser", sagt Seume, „hat die Feinde seiner Nation so schlecht gemacht, als sich's mit Ehre und einem Anschein von Wahrheit tun ließ; aber dadurch wird die Sache für seine Landsleute nicht besser, denn wo sie die Meister spielten und noch spielen, da geht es mit ebensowenig Mäßigung und Humanität zu als überall ... Andere wissen doch ihren Erpressungen und Malversationen noch einen Anstrich von Wohlwollen zu geben, wodurch sich freilich kein Sehender blenden läßt. Percival sagt ohne Scheu geradezu: wenn wir das Vorgebirge haben, beherrschen wir den Handel Indiens, folglich den Handel der Welt, folglich – die Folgen sind alle klar. Das ist echt britisch. Britannia, Beherrscherin des Meeres! durch die Wogen mache den Erdball zinsbar! – Der jetzige politische Horizont kommt mir vor wie die Lage vor der Schlacht von Zama; siegt die eine Partei, so haben wir wahrscheinlich eine Römerei, vielleicht etwas sanfter und glimpflicher, nach dem Geiste der Zeit, im übrigen aber ganz ähnlich. Wenn England im Streite nicht erliegt, ist dadurch nichts gewonnen als Dauer des Kampfes, wozu die andern die Kräfte liefern. Die Energie der Engländer ist nicht zu verkennen, so wenig als ihr Freiheitssinn zu Hause; daß sie sich aber durch Gerechtigkeit, Humanität und reines

Wohlwollen vor Nationen in andern Weltteilen auszeichnen sollten, wird ihnen niemand glauben. – Wo der Begriff Sklave noch im Rechte gilt, darf man durchaus nicht behaupten, daß man die erste Stufe reiner menschlicher Bildung erstiegen. Der Himmel bewahre uns auch vor römischer und griechischer Freiheit, wenn für das allgemeine Heil der Menschheit Hoffnung sein soll. Freiheit ist durchaus nichts als Gerechtigkeit und diese nichts als gleiche Befugnis mit gleichen Pflichten im Staate. Und solange man sich ein Haarbreit von dieser Basis entfernt, so mag man Konstitutionen bauen, wie man will: es werden blitzende Meteore sein, aber nicht halten. Nur die Natur mit ihren Gesetzen ist beständig." –

Wahrscheinlich hat er auch damals seine Anmerkungen zum Plutarch in lateinischer Sprache geschrieben, mit einer Vorrede, welche so kühn war, daß sie kein Buchhändler drucken konnte, und kein Zensor die Erlaubnis dazu gab. Wo die Handschrift hingeraten ist, weiß man nicht*.

Der russische Konsul in Leipzig, Herr Hofrat Schwarz, suchte für einen jungen angesehenen Mann einen Begleiter bis Dorpat. Seume ergriff diese Gelegenheit, um den längst gefaßten Vorsatz auszuführen, seine Freunde und ehemaligen Kriegsgefährten in Petersburg einmal zu überraschen. Diese merkwürdige Reise durch Rußland, Finnland und Schweden hat er in dem Werke: „Mein Sommer", beschrieben, und er hat auch dieses Werk benutzt, um das Leben seiner Seele ohne Schleier darzustellen. Die Vorrede zu diesem Werke ist meisterhaft und gehört in dieser Rücksicht zu dem Besten, was die alte und neue Literatur in diesem Fache aufgestellt hat.

Die oft genug wiederholten Behauptungen Seumes

* Das Manuskript der Anmerkungen ist verlorengegangen, die Vorrede wurde 1819 erstmalig veröffentlicht.

waren jetzt eingetroffen, die Franzosen wurden Beherrscher des Kontinents, und er sah den Folgen in der Stille und Abgezogenheit zu. Er hatte einige Bogen Papier zusammengeheftet und den Titel: „Schmieralien“ darauf geschrieben. Die verhängnisvolle Zeit brachte gewissermaßen in jedem Menschen, nach seiner Individualität, Schmieralien hervor, Zunder, welchen die Begebenheiten entzündet hatten und der bei andern bald erlosch, dem aber Seume in seiner Seele Nahrung gab und dann in sein Magazin trug, welches, nach seinem Tode, unter dem Titel: „Apokryphen“ 1811 erschien. Im Jahre 1808 erschien sein „Miltiades“. Dieses Werk ist kein Spiel, bestimmt, gesehen zu werden und weichen Seelen zu Tränen zu verhelfen; es ist ein Bild für die Seele des Jünglings und des Mannes, der in Flammen für das Vaterland ausbrechen soll.

Gegen Johannis des eben genannten Jahres litt der Vielgewanderte an einer Schwäche des Fußes, welche er seit den amerikanischen Feldzügen, wiewohl ohne große Beschwerde, schon zuweilen empfunden hatte, die aber jetzt so groß war, daß er einige Wochen das Bett hüten mußte. Das war ein Vorbote der größeren Leiden, die bald über ihn ausbrachen. Am Ende des Augusts begann eine Krankheit des Unterleibs, der Blasen-Katarrh, eine Krankheit, die mit den qualvollsten Schmerzen verknüpft ist, ihm fast allen Schlaf raubte und, was noch grausamer für ihn war, ihm weder das Lesen noch das Schreiben, ja nicht einmal das Sprechen verstattete. Während dieser Pein hat er seine Trauer und seinen Trost in dem rührenden Gedicht „Kampf gegen Morbona“ ausgedrückt. Möge es niemand ungelesen lassen! Sein edler Freund, der treffliche Doktor Braune, tat, was er vermochte; er linderte die Schmerzen, hob die gesunkenen Kräfte immer wieder empor und stellte ihn so weit wieder her, als es möglich war. Mit Anfang des Jahres konnte er wieder ausgehen und seine Freunde besuchen; jedoch blieb er immer schwach, weil der Same des Todes im Wachstum zwar geschwächt, aber nicht erstickt werden konnte. Die treueste Freundschaft hat für ihn während dieser Krankheit gesorgt und ihn gepflegt. Der Kaufmann Haußner ließ sich ehemals von Seume in der englischen Sprache unterrichten und nahm ihn hernach, um seinen Umgang zu genießen, in seine Wohnung auf. Mehr kann kein Bruder für den Bruder, kein Sohn für den Vater tun, als dieser Mann für seinen Freund während der ganzen Krankheit mit Delikatesse, mit Aufopferung, mit einer Art von Eifersucht gegen die Freundschaftsbezeigungen anderer getan hat.

Im Frühlinge 1810 wagte Seume ungeachtet seiner Schwäche eine Reise nach Weimar zu seinem verehrten Freunde Wieland. Dieser, erschüttert durch die Hinfälligkeit des ehemals so kräftigen Mannes und besorgt wegen einer vielleicht hilflosen Zukunft, ging zu seiner Gönnerin, der Erbprinzessin von Weimar, einer der seltenen Fürstinnen, die alle guten und edlen Menschen liebt und von allen geliebt wird, erzählte ihr Seumes Geschichte und führte den edeln Mann selbst bei ihr ein. Sie nahm sich desselben an und verlangte von ihm, daß er an ihren Bruder, den Kaiser Alexander, nach Petersburg schreiben sollte. Seume schrieb nach seiner Art wahr und würdig. Wieland fürchtete, der Ton des Briefes möchte hier und da dem Kaiser auffallend sein, die Großfürstin fand es nicht; nahm den Brief und sandte ihn selbst an ihren erhabenen Bruder ab. Der gütige Monarch bestimmte für Seume eine Pension; aber leider bedurfte er derselben nicht mehr, er hatte das Ende seiner irdischen Wanderschaft und das Ende aller Sorgen erreicht.

Nach seiner Zurückkunft von Weimar fand er seine Wohltäterin und Freundin, die Frau Elisa von der Recke, und den Dichter Tiedge, der ihn unbeschreiblich achtete und liebte, im Begriff nach Töplitz in das Bad zu reisen. Er wurde dadurch zu dem Entschlusse bewogen, ihnen zu folgen und in ihrer Gesellschaft zu versuchen, ob auch er an jener Quelle Heilung und die Kraft seines Lebens wieder gewinnen könnte. Bei seinem Abschiede übergab er dem Dr. Braune als ein Pfand seiner Liebe die Handschrift des von ihm selbst niedergeschriebenen Lebens. Wir sehen aus diesem und aus dem Gedichte „Morbona", daß bis jetzt die Krankheit seinen Geist nicht überwältigt hatte. Ließen die Schmerzen nur etwas nach, so war sein Gespräch heiter, freundlich, lehrreich und oft witzig. Er war immer herzlich gegen die Freunde, zuweilen sanfter als gewöhnlich, aber ebenso stark und bitter als sonst gegen alle Feinde der Vernunft, des Lichts und der Humanität.

Gegen das Ende des Monates Mai 1810 traf Seume in Töplitz ein, wo er im Goldenen Schiffe, oder der sogenannten Töpferschenke, eine Stube bezog, welche ihm die heiterste Aussicht auf die Stadt und das Bad, von dem er noch entscheidende Hilfe hoffte, auf ein paradiesisch grünendes Tal mit hohen, im Frühlingsdufte schwimmenden Bergen, aber auch auf die Stelle seines künftigen Grabes gewährte. Ganz nahe war er hier dem Fürstenhause, wo die Frau von der Recke und Tiedge wohnten, deren Umgang ihn den vorhergehenden Winter so oft zu einer wahrhaft menschenfreundlichen Heiterkeit gestimmt hatte und ihm auch nun seine letzten trüben Stunden erhellte. Auch konnte so am leichtesten aus der Küche der Frau von der Recke für seine nach einer strengen Diät angeordneten Speisen gesorgt werden, und dieses diente ihm zu keiner geringen Beruhigung, da er selbst diese Diät, wenigstens anfangs, sehr gewissenhaft hielt. Unterzeichneter, der ihn seit zwanzig Jahren kannte und schätzte, hatte seine Wohnung eine Treppe höher über ihm; bald sammelten sich auch einige andere Freunde und Bekannte um ihn her und waren daher ebenfalls imstande, durch kleinere Dienste für ihn zu sorgen, die Seume mit williger Dankbarkeit und anfangs unter freundlichen Scherzen annahm. Ungeachtet Seume dieses Mal natürlich Pferd und Wagen bei seiner Reise zu Hilfe genommen hatte, so ward es doch bald bei Menschen aller Art in Töplitz bekannt, daß der berühmte Fußwanderer angekommen sei, um hier das Bad zu gebrauchen, und seine Ankunft sowohl als der mögliche Erfolg seiner Kur erregte allgemeine Teilnahme. Er selbst wünschte diese Kur möglichst beschleunigt. Denn die mitgebrachte nicht unbedeutende Menge von Dukaten seiner Barschaft, über welche er mit der Genauigkeit eines Finanziers häufige Revision hielt, wie auch die in seinem Taschenbuche aufgezeichneten Reiserouten und Städtenamen wiesen auf einen Lieblingsplan hin, den Rhein oder wohl gar die Schweiz zu besuchen. Leider schlugen aber bald die Äußerungen des würdigen Töplitzer Brunnenarztes, Dr. Ambrozy, den er wegen seines Zustandes um Rat fragte, seine und mit noch deutlichern Ausdrücken die Hoffnungen seiner Freunde nieder. Der Gebrauch des freilich weit wirksamern Stadtbades ward Seumen ganz untersagt und nur die Steinbäder, in dem eine Viertelstunde Weges entfernten Dorfe Schönau wurden gestattet, welche, bei günstiger Witterung gebraucht, wenn auch den Grund seiner Krankheit nicht ganz heben, aber ihm doch etwas Stärke geben, wenigstens nichts schaden würden. Die größte Schwierigkeit lag für Seume und seine Freunde darinnen, ihm ein medizinisch zweckmäßiges Getränk zu verschaffen. Das laue Trinkwasser in Töplitz ist bekanntermaßen, selbst nach seiner Erkältung, ohne Kraft und kaum trinkbar, weshalb man sich an die Biere und österreichischen Landweine oder einen selbst mitgebrachten Weinkeller halten muß. Allein alle diese Getränke waren Seumen gerade, aus medizinisch bekannten Gründen, bei seiner Krankheit verboten. Seume versuchte vom mineralischen Wasser der benachbarten Brunnenstadt Bilin zu trinken. Aber das Wasser dieses Sauerbrunnens war ihm zu schwer und vermehrte sein Übel. Im Kloster Mariaschein, eine Stunde von Töplitz, fließt das Mariabrünnlein, eine erfrischende, mit zierlicher Kuppel überdeckte Quelle, von der ich Seumen eine Flasche zur Probe mitbrachte. Allein auch diese Gabe der Heiligen wollte unserm Kranken nicht zusagen, und überdem war die Quelle zu entfernt. Seume war einmal an das Selterwasser gewöhnt, welches man anfangs aber in Töplitz vergebens suchte. Schon bemeisterte sich der Unmut unseres Freundes, und aus einer sehr gewöhnlichen Täuschung schob er alle Schuld seiner Schmerzen nicht auf seinen unheilbaren Zustand, sondern auf den Mangel des Selterwassers, an das er gewöhnt sei. Es ist eine ebenso bewährte als rührende Erfahrung, daß die Hoffnung den Menschen selbst am Rande des Grabes nicht verläßt, um ihm, wenigstens durch ihren lieblichen Schein, die finstere Wahrheit der letzten Stunden zu verschleiern. Auch Seume war davon ein Beispiel. Sein Mut fand sich nicht wenig aufgerichtet und sein Hang zur Selbständigkeit vorzüglich geschmeichelt, als ihm selbst gelang, was keinem seiner Freunde gelungen war, bei einem Krämer in Töplitz noch einige Flaschen Selterwasser aufzutreiben. Aber bald sah er ein, daß auch diese seine Panazee das verlorene Gleichgewicht seiner Natur wieder herzustellen nicht mehr imstande war. Nichtsdestoweniger brauchte er, anfangs mit aller Vorsicht, einige Steinbäder und spürte auch deren gute Wirkung. Ja selbst der Gang nach Schönau und zurück, den er bei guter Witterung zu Fuß in dem alten Reisekostüm, das wir an ihm kannten, wacker unternahm, ermattete ihn so wenig, daß er gewöhnlich seinen Mittag noch bei seiner Freundin Elise zubringen und mit ihr und Tiedge nach alter Weise über die Welt und sein Zeitalter philosophieren konnte. Zuweilen äußerte er zwar hier im Schoße vertrauter Freundschaft den in seiner Lage wohl erlaubten Wunsch, durch den Tod bald von seinen Schmerzen befreit zu werden. Ja, er gab wohl nicht undeutlich zu verstehen, daß ihn bloß um der Schwachen und Toren willen die Pflicht des Beispiels abhielte, seinem für sich, und wie er meinte, für seine Freunde beschwerlichen Zustande ein Ende zu machen. Indessen wechselte diese trübe Stimmung mit andern der Lebensliebe und Lebenshoffnung wieder ab. Gewöhnlich wird die viele Sorge, welche ein Kranker an seine Heilung zu verschwenden pflegt, ein neuer Grund der Lebensliebe. Denn wer wünschte wohl vergebens gesorgt zu haben? Dies war auch bei Seumen der Fall, so wenig er sonst, in gesunden Tagen selbst, das Gut des Lebens zu preisen gewohnt schien. Diese abwechselnden Stimmungen brachten nun freilich einige Widersprüche in seinem Betragen, zuweilen ängstliche, übertriebene Folgsamkeit gegen die diätetischen Regeln, zuweilen auch halsstarrige Unfolgsamkeit, bald stoische Geduld, bald minder stoische Wunderlichkeit hervor, weswegen er denn manche moralische, wohlmeinende Vorhaltung von seinen Freunden anhören mußte, die er mit seinen gewöhnlichen Sarkasmen oder mit einem lakonischen: Schon gut! hinnahm. Leider war er aber keineswegs bei der rauheren Witterung, die dem ersten Scheinfrühlinge folgte, dahin zu bestimmen, das Baden ganz auszusetzen. Ja, an einem mit Regen drohenden Tage erwachte der alte militärische Geist in ihm so sehr, daß er die für Kranke, freilich mit mancherlei Beschwerlichkeit und Unkosten verknüpfte einzige Transportanstalt verschmähte und seinen Weg zu Fuß antrat, welcher denn mit einem von mir nachgebrachten Regenschirme rückwärts vollendet werden mußte. „Ich bin hierhergekommen, um zu baden“, sprach er, „folglich muß ich baden und kann nicht auf die Witterung warten.“ Diese traurige Konsequenz, verbunden mit der kleinen Inkonsequenz, einmal nach dem Bade, der Einladung des gastfreien

Prälaten von Ossegg zufolge, sich umzuziehen, und trotz aller Erinnerung bei Tische selbst seine diätetischen Regeln alle zu vergessen – war entscheidend. Nur ein paar Mal saß er noch gebückt, in seinen Mantel gehüllt und mit aschgrauer Gesichtsfarbe, in dem gewohnten Kreise und mußte seinen Sitz bald mit dem Sofa, endlich mit dem Bette vertauschen. Er konnte nun nicht mehr aufdauern, und alles, was ihm sonst lieb gewesen war, widerstand ihm.

Gern hatte er vordem in dem Zirkel der Frau von der Recke von deren Begleiterinnen die Lieder Elisens und Tiedgens zur Gitarre oder Schillers Ideale nach Naumanns tief ins Herz dringender Komposition zum Fortepiano singen hören und den Sängerinnen durch manche Herzlichkeit, ja selbst durch manche feinere Galanterie gedankt. Einst brachte er den beiden Begleiterinnen Elisens eine Rose. – „Ich habe nicht mehr, als die eine Rose", sagte er zu ihnen, „und ich glaube Sie damit zu ehren, daß ich Ihnen beiden nur eine gebe." – Noch in Töplitz, wo die Anwesenheit der liebenswürdigen und talentvollen Witwe Naumanns manche Veranlassung zu musikalischen Unterhaltungen gab, war Seume ein aufmerksamer Zuhörer. Ja selbst in den letzten Tagen, ehe er sich legte, ward er einst durch dic Stelle in einem von Elisens Liedern:

„Hinter jenen Sternen
Hält die Liebe Wort."

wunderbar ergriffen. Dieser Gedanke, welchen in einem späteren Liede Schiller auf eine ähnliche Weise ausdrückt, rührte unsern düster und in sich gekehrt dasitzenden Seume so sehr, daß er mitten unter dem Gesange mit Tränen in den Augen aufstand, Elisen die Hand drückte und sagte: „Elisa, das ist ein herrlicher Gedanke!" Dieses war aber auch die letzte Äußerung unseres Freundes, die von Gefühl für die Außenwelt und für das höhere Schöne zeugte, wiewohl sie hinreichend seine Überzeugung von der Fortdauer des edleren Daseins in uns beurkundet. Man bot ihm an, als er sich schon ganz in sein Krankenzimmer zurückgezogen und verschlossen hatte, ihn wenigstens noch von ferne Musik hören zu lassen; aber er verbat es, wie auch die Besuche selbst aller Freunde, die nicht sozusagen zu seiner medizinischen Wartung angestellt waren oder ihm dabei durch Handreichungen nützlich sein konnten. Ganz schien von nun an der kräftige Geist in sich selbst zusammengerollt, hatte das äußerliche Wesen den körperlichen Leiden, ja selbst den wehmütigsten Äußerungen derselben, überlassen und verkündete sich nur noch durch den starren, aber durchdringenden, prüfenden Blick, mit dem er die Umstehenden ansah. Selbst auf meine mit möglichster Schonung und Vorsicht an ihn gerichtete Frage, ob er noch einem abwesenden oder gegenwärtigen Freunde etwas zu entdecken und aufzutragen habe, antwortete er nicht mehr verständlich, wiewohl er seinen Leipziger Arzt und vertrauten Freund Dr. Braune mit Namen nannte. Den Trost einer höhern Welt, der in den herrlichsten Sprüchen der Weisen des Altertums ausgedrückt und in einem vor seinem Sterbelager aufgeschlagenen Bande der Reisen des jüngern Anacharsis gesammelt, mehr seine trauernden Freunde erhob als sein Ohr erreichte, schien er nicht mehr zu bedürfen. Über Seumes religiöse Überzeugungen, über welche auch sein bei Göschen 1811 erschienener Nachlaß moralisch-religiösen Inhalts befriedigenden Aufschluß gibt, habe ich, sowie von einigen andern Zügen seines Charakters, bei Gelegenheit einer frühern Handschrift seiner Gedichte in der Minerva 1812 einige Worte gesprochen. Es sei mir erlaubt, die hierher gehörige Stelle zu wiederholen:

„Freilich hatte wohl die Ansicht seines Zeitalters Seumen in den spätern Jahren seines Lebens manches Symbol geraubt, das zu einer andern Zeit ihm in dem letzten Kampfe seiner Natur eine heitere, minder bittere, versöhnte Stimmung hätte geben können. Freilich sprach er wohl zuweilen in ebendem rauhen Tone mit dem Himmel wie mit seinen nächsten Freunden und glaubte vielleicht den Himmel, den er mit seinen Bitten nicht bestürmen zu wollen erklärte, ebenso dadurch zu ehren wie seine Freunde. Allein der Mann, der unter dem Sturme von Warschau, in einer Stunde, wo achtzehntausend Menschen um einer politischen Maxime willen hingeschlachtet wurden, zu Gott betete – betete auch zu Gott, als einem Ewigseienden, in seiner Todesstunde und trat mit dem letzten Seufzer über das so grausende Gemälde des niedern Lebens an die Schwelle einer richtenden, aber auch versöhnenden Ewigkeit. Eine Sterbenacht ist schon an sich feierlich, und die Nacht, wo unser Freund seinen letzten Kampf zu kämpfen begann, ward es noch mehr durch die Umgebungen, durch das tief unter dem matt erhellten Krankenzimmer im Schatten liegende Töplitzer Frühlingstal, umringt und durchschnitten von grotesk gestalteten Bergen, deren Rücken sich bis an die Fenster zog, durch das fernher vom Begräbnisplatze leuchtende, ahnungsvolle Licht einer Kapelle, wo schon ein Leichnam bewacht wurde, der unserm Seume am folgenden Tage weichen mußte. Unmöglich konnte man in solcher Stunde die andächtigen Seufzer des sich verlassen fühlenden Sterbenden, der nur von einem Freunde und einem jungen Feldscher (auch einem Bewunderer des berühmten Fußwanderers) bewacht wurde, für bloß zufällige Wirkungen des Schmerzes, sein Aufstöhnen zu dem namentlich von ihm genannten Gotte (wie der ungläubige Lamettrie auf seinem Krankenlager selbst gesagt haben soll) für eine bloße Redensart erklären." – Minerva 1812. S. 290.

Ein Umstand, der weniger den Sterbenden als seine um ihn versammelten Freunde in den letzten Stunden beunruhigte, trug dazu bei, dem schaurig romantischen Bilde seines Lebens eine ästhetische Vollendung zu geben, es gerade so wunderlich und flüchtig schließen zu lassen, als es begonnen hatte, um eine poetische Weissagung unsres Diogenes zu erfüllen, die sich in der frühern Sammlung seiner unvollkommnen Gedichte (s. Minerva am angeführten Orte S. 304) befindet.

Und weigerte man mir auch Sarg und Decke,
Was liegt mir dran?
Flaum oder Stein ist eins, an welchem Flecke,
Geht mich nichts an.

In einem Badeorte müssen die Wirte, welche Kranke einnehmen, eigentlich auf Todesfälle gefaßt sein. Indessen kann man es einesteils doch niemandem zumuten, schon Sterbende einzunehmen, andernteils einen Kontrakt auf längere Zeit gelten zu lassen, als man ihn eingegangen war. Seumes Logis war weitervermietet, und diese sehr vorteilhafte Vermietung konnte durch seinen Todesfall gehindert werden. Die Inhumanität lag also mehr in dem wunderlichen Spiele des Schicksals als in den Menschen, daß Seume in dem Augenblicke, da sein Engel (um einen Seumischen, militärischen Ausdruck zu gebrauchen) *Abgelöst!* rief, juristisch genommen eigentlich ohne Quartier war, und doch hätte dieser Umstand, wenn Seume anders in dem Zustand gewesen wäre, ihn noch zu beachten, seine Bitterkeit gegen die gesellschaftlichen Verhältnisse gewissermaßen rechtfertigen können. Alles war mit Seumes Bewilligung – (denn Sterbende verändern bekanntlich den Ort gern) – schon eingepackt, um ihn hinüber in seine neue Wohnung zu schaffen, als die Sänftenträger bei der unerwarteten Beschleunigung seiner Auflösung ebensowenig Lust bezeigten, einen schon halb zur Leiche gewordenen Menschen fortzutragen, wie der neue Wirt, ihn aufzunehmen. Mit vieler Mühe und nur durch die Dazwischenkunft der angesehensten Männer von Töplitz, ja der Polizei selbst, gelangen unsre

Vorstellungen, die bisherigen Wirtsleute zu bewegen, ihm die Stätte, wo er krank gelegen hatte, auch zum Sterben zu lassen. Während man indes noch über diesen irdischen Wohnungswechsel stritt – löste Seume selbst den Knoten, brach seine morsche Hütte ab und vertauschte die irdische Wohnung mit der friedlichen und seligen im Schoße seines Schöpfers. Dieses geschah in den Vormittagsstunden des 13. Juni 1810. Seine schon zusammengepackte, für einen vorbeieilenden Wanderer nicht unbeträchtliche Verlassenschaft, indem außer dem baren Gelde seine Krankengarderobe sehr gut ausgestattet war, wurde nun dem Magistrat übergeben und Anstalt zu seiner Beerdigung getroffen.

Hier darf nun der Edelmut der katholischen Geistlichkeit von Töplitz nicht ungerühmt bleiben, die manchem frühern Herkommen zuwider, jedoch mit sichtbarer Zufriedenheit aller Einwohner, unserm in verschiedenem Glauben gebornen Freunde nicht nur das ehrenvollste Begräbnis ganz nach unsern deshalb geäußerten Wünschen, sondern auch auf ihrer ebenso durch die Natur als durch die Kirche geweihten Erde eine freundliche Ruhestätte gewährte. Und so ward Seumes, des unruhigen Wanderers, der über manchen menschlichen Mißbrauch im Leben geeifert hatte, Grabstein zugleich ein schönes Denkmal friedlicher Gesinnungen zweier getrennter Religionsparteien.

Am Morgen des 15. Juni versammelten sich die in Töplitz anwesenden Freunde Seumes in der Wohnung der Frau von der Recke, dem sogenannten Fürstenhause, um in Begleitung einiger andern angesehenen Einwohner und Badegäste von Töplitz, die auch von fern den Namen des merkwürdigen Menschen geehrt hatten, und unter Vortritt des würdigen Geistlichen, Seumes Reste der Erde zu übergeben. Außer der Frau von der Recke und ihrer nächsten Umgebung befanden sich unter der Begleitung Herr Professor Fichte und seine Gattin, die Gattin des Herrn Hofrat Böttiger von Dresden, die Witwe Naumanns, Herr Dr. Weigel, der Seumen ebenfalls in den letzten Stunden mit medizinischer Hilfe beigestanden hatte und späterhin die Besorgung seines Grabsteines übernahm, Herr Hofrat Tittmann von Dresden, der Herr Graf Schönfeld der jüngere aus Wien, der sich Seumes bildenden Umgangs von Leipzig her dankbar erinnerte, und andere mehr, welche die in ganz Deutschland verbreiteten Freunde des Verstorbenen in dieser ernsten Stunde würdig vertreten konnten. Das Begräbnislied, das von den Schülern beim Eintritte in den kleinen, ländlich berasten Kirchhof aus ihren Notenbüchern gesungen ward, war zufälligerweise ganz in Seumes Sinne und als wenn er es selber gedichtet hätte, zumal der letzte Vers, von dem ich mich erinnere, daß er den stolzen Sieger mit dem Erobererschwerte so gut wie jeden andern Adamssohn, der dazu geboren ist, der Erde Früchte zu verzehren und sich – erobern zu lassen, vor das Totengericht und die Schaufel des Totengräbers lud. – Hierauf empfing die Leiche in der kleinen Kapelle den priesterlichen Segen als Mitgabe zu ihrer letzten Wanderung. – Der Sarg stieg mit den Überresten unsres Geliebten in die schwarze, rätselvolle Tiefe hinab, und unter dem Klange der Sterbeglocken, welche das sichtbare Bild des Freundes hinabriefen, sprach der Endesunterzeichnete vor dem Kreise der stilltrauernden umstehenden Freunde folgende Worte:

„Hier also, auf diesem Hügel kalter Erde, legt unser Seume seinen Wanderstab für immer . . . nieder. Wohl ihm und uns, seinen Freunden, daß wir es sagen können von Grunde des Herzens! Nicht ziellos war seine Reise, nicht vergebens sein wundervoll reiches Leben, sooft er diesem Leben am Abend seiner Tage auch wohl zürnen mochte, überwältigt von Schmerzen der Seele und ihrer irdischen Hülle! . . .

Was Seume war, ward er durch sich selbst. Nicht aus rohem Triebe durchwanderte unser geliebter Wanderer von Syrakus die Erde. Er suchte die Spuren der allwaltenden Ordnung in den Schönheiten und Schrecknissen der Natur, in den Trümmern gesunkener Völker, in den Mordszenen seiner Zeit ... in den Gesinnungen der Menschen, seiner Brüder. Ach, der rauhe Sohn der Natur, mit gradem Blick, mit dem tiefsten, brennendsten Gefühle des Rechts im Herzen und dieses Herz auf der Zunge tragend, konnte seine Menschen nur zürnend, nur murrend lieben. Dennoch liebte er sie, und die Edelsten seines Volkes entgegneten dankbar seine Liebe. Jetzt empfängt ein fremdes Land, in dessen heilenden Quellen er Milderung seiner Qualen suchte ... seine Asche und endet diese Qualen mit ewiger Ruhe. Segnet, Freunde, diesen heiligen Boden, der sein Grab ward! Unser Freund ward hier nicht getäuscht mit leeren Hoffnungen. Er wähnte hier von Schmerzen zu ruhen, die unheilbar waren, und fand hier das höchste Leben, das keiner Heilung bedarf. Friede seiner Asche! Die Erde deckt die Bösen, und die Guten drückt sie nicht." –

Dieselben Freunde, welche hierauf mit Tränen Erde auf seinen Sarg warfen, unterzeichneten sich mit noch mehreren teilnehmenden Menschen zu einem kleinen Denkmal auf dem Grabe nahe an den Mauern der schützenden Kapelle. Unser Seume hat nun in fremder Erde, fern von den Seinigen, einen Stein, schwerer, fester und in die Augen fallender, als wohl jemals der unruhige Erdenpilger sich es hätte träumen lassen. Aber selbst der Totengräber hat dieses Denkmal des wunderbaren, menschenfreundlichen und menschenfeindlichen Weltbürgers lieb, und durch eine harmonische Veranstaltung des Schicksals besuchen und bekränzen an diesem von Fremden aller Völker wimmelnden Orte jährlich viele wandernde Fremdlinge das Grab desjenigen, der auf dieser Erde selbst immer ein pilgernder Fremdling blieb.

C. A. H. Clodius

ANMERKUNGEN

abderitisch: einfältig, nach den Bewohnern von Abdera, einer griechischen Stadt, dem deutschen Schilda entsprechend
Adiaphoron (griech.): etwas Gleichgültiges
Adjuvant (lat.): Gehilfe, Hilfslehrer
Adyton (griech.): das Unzugängliche (das Innere eines Heiligtums)
Ägide (griech.): Schutz(herrschaft)
Akadien: frühere Bezeichnung für das atlantische Stück Kanadas südöstlich von der Mündung des St.-Lorenz-Stromes
Ambassade (franz.): Gesandtschaft
Anacharsis: Gestalt aus dem Buch von J. J. Barthélemy „Voyage du jeune Anacharsis en Grèce" (1788)
Angustam, amici, pauperiem: Anfang eines Gedichtes von Horaz, „Freunde, die enge Armut . . ."
Apophthegma (griech.): Sinnspruch, geflügeltes Wort
Appertinenz (lat.): Zubehör
Aristarch(us) aus Samothrake: alexandrinischer Grammatiker
Au nom de dieu, du père, du fils et du saint esprit (franz.): Im Namen Gottes, des Vaters, des Sohnes und des Heiligen Geistes
auctor facinorum (lat.): Urheber der Übeltaten

Bayle, Pierre, (1647—1706), französischer Philosoph, Verfasser eines Wörterbuchs
Bedlamist: Tollhäusler
Bolingbroke, Henry Saint-John, (1678—1751), englischer Staatsmann und Schriftsteller

cetera quis nescit (lat.): wer weiß das übrige nicht
Chrie (griech.): Ausführung eines Gedankens nach bestimmter Anordnung (nach dem Vorbild des Aphthonios)
Conseil permanent (franz.): Staatsratskollegium
contra principia negantem non est disputandum (lat.): mit einem Menschen, der alle Voraussetzungen negiert, läßt sich nicht disputieren

Dohnenstrich: Vogelschlingen
ductum; weder d. noch fructum (lat.): weder Schwung noch Kraft
dux gregis ego (lat.): ich als Führer der Herde

eklektisch (griech.): auswählend, auch unoriginell
epanorthotisch (griech.): ermunternd
Eutrapelie (griech.): Gewandtheit in treffenden Reden

ex tempore (lat.): aus dem Stegreif
Exuvien (lat.): Beutestücke

Fatigue (franz.): Strapazen, Ermüdung
Flaccus: Quintus Horatius Flaccus, römischer Dichter

Golius, Jakob, (1596—1667), holländischer Orientsprachenforscher
Gratiale (lat.): Geschenk, kleine Erkenntlichkeit
Grimma: eine der drei (neben Schulpforta und Meißen) von Herzog Moritz von Sachsen gegründeten Fürstenschulen
Guignon (franz.): Unglück im Spiel

Hagiograph (griech.): Verfasser von Heiligenlegenden
Heliogabal: römischer Kaiser
hermeneutisieren (griech.): auslegen, deuten
hesitieren (franz.): zögern
Hobbes, Thomas, (1588—1679), englischer Philosoph
Hubertsburger Frieden = Hubertusburger Frieden, beendete 1763 den Siebenjährigen Krieg
Hurone: Angehöriger eines nordamerikanischen Indianerstammes
hyperbolisch (griech.): übertreibend

in nova fert animus (lat.): der Geist strebt zum Neuen
in pontificalibus (lat.): in geistlichen Gewändern
Insequitur clamorque virum, stridorque rudentum (lat.): Männergeschrei erhebt sich darauf und das Ächzen der Taue (Aeneis I, 87)

Kallipyge: Venus Kallipygos (Venus mit dem schönen Hintern)
Kaske (lat.): Helm
Kryptomilitärschaft: verborgenes Militärwesen

ludimagister ejusdem loci, quo postea filius (lat.): am nämlichen Ort Schulmeister, wo später der Sohn
Lumina mundi (lat.): Lichter der Welt

Malversation (franz.): schlechter Streich, Rechtsverdrehung
Michaelis, Johann David, (1717—91), evangelischer Theolog und Orientalist in Göttingen
mucrone res agitur, ubi ad triarios rediit (lat.): das Schwert entscheidet den Kampf, wenn es zum Äußersten kommt
Münchhausen, dessen Bekanntschaft Seume in Amerika machte, hat mit dem berühmten Lügenbaron nur den Namen gemeinsam

omnibus modis (lat.): auf jede Weise
Orbilius: römischer Grammatiker aus der Zeit Ciceros, bekannt wegen seiner Strenge gegen Schüler

Orkaden: Orkney-Inseln

Palladium (griech.): Schutzschild, Bild der Göttin Pallas Athene
Panazee (griech.): Allheilmittel
Pectus est quod facit disertos (lat.): die Gesinnung macht den Redner
pease and pork (engl.): Erbsen und Schweinefleisch
perem(p)torisch (lat.): zwingend
perfer et obdura (lat.): trage und harre aus!
periculum in mora (lat.): Gefahr im Verzuge
peripatetisch (griech.): im Umhergehen
Pforte: Schulpforta bei Naumburg a. d. Saale, eine der drei von Herzog Moritz von Sachsen gegründeten Fürstenschulen; zu ihren berühmten Schülern gehören u. a. Klopstock, Fichte, Nietzsche
Phthiriase (griech.): Läusesucht
Piaculum (lat.): Sühneopfer
Pikett (franz.): Vorposten
Poltronnerie (franz.): Hasenfüßigkeit; Großtuerei
Populace (franz.): Volksmenge
Posern: Poserna bei Weißenfels
Prävenire (lat.): das Zuvorkommen
Privettüre: Aborttüre
Psychagogie (griech.): Seelenführung

quantum satis (lat.): genug, hinreichend
qui docendo discit (lat.): der lernt, indem er lehrt
Quidproquo (lat.): Mißverständnis, Verwechslung
Quin(c)tilian: römischer Lehrer der Beredsamkeit
Quisquilien (lat.): Kleinigkeiten, Plunder

Refraktarium: (Refraktär) Widerspenstiger
ruminieren (lat.): wiederkäuen, wiederholt durchdenken

Scharbock: Skorbut
Schibboleth (hebr.): Erkennungswort
Sentenz (lat.): hier im Sinne von Urteil
Sex septemve horas dormisse sat est juvenique senique (lat.): sechs oder sieben Stunden Schlaf sind für Jüngling und Greis genug
Shaftsbury, (1671—1713), englischer Philosoph
Siegwart: empfindsamer, sehr erfolgreicher Moderoman in der Werther-Nachfolge von Johann Martin Miller (1750—1814)
sit reverentia pueris (lat.): für Knaben schickt sich Ehrfurcht
skoptisch (griech.): spöttisch
Solözismus (griech.): Sprachfehler und Satzfehler, abgeleitet vom schlechten Griechisch der Einwohner der Stadt Soloi

Sterne, Laurence, (1713—68), englischer Schriftsteller; Seume bezieht sich auf dessen humorvollen Roman „Tristram Shandy"
strong beer (engl.): Starkbier
Styx, Phlegethon und Kozytus: in der griechischen Sage Flüsse der Unterwelt
sybaritisieren (griech.): zum Schlemmer werden

Tabulat (lat.): Diele
tractatum de SS trinitate (lat.): Abhandlung über die Heilige Dreieinigkeit

vel quasi (lat.): oder so ungefähr
verba valent sicut nummi (lat.): Worte haben den Wert von Münzen
Veritatem sequi et colere, tueri justitiam, omnibus aeque bene velle ac facere, nil extimescere (lat.): Der Wahrheit folgen und sie heilighalten, die Gerechtigkeit verteidigen, allen gleichermaßen wohlwollen und Gutes tun, nichts fürchten

Zollikofer, Georg Joachim, (1730—88), Prediger an der reformierten Kirche in Leipzig

NACHWORT

Tu ne cede malis sed contra audentior ito!

„Gib den Übeln nicht nach, geh tapferer ihnen entgegen!" Dieser Spruch Virgils, den Seume an die Tür seiner Gefängniszelle in Emden geschrieben hatte, blieb sein Leitspruch, der Spruch seines Schicksals. So furchtlos er ganz allein bis hinunter nach Sizilien wanderte, so unerschrocken klagte er den Despotimus an, den „Seelenschacher", die „Pest der Privilegien" bei Adel und Geistlichkeit, den Standesdünkel. In der Einleitung zu seinen Plutarch-Erklärungen tat er das mit solcher Schärfe, daß die Schrift erst lange nach seinem Tode gedruckt werden konnte. Er war, wie Georg Forster, überzeugter Republikaner und glaubte, daß die Französische Revolution gleiches Recht für alle bringen würde. Als er dann im Jahre 1802 auf dem Rückweg von Italien in Paris erkennen mußte, was unter Napoleons Konsulat aus den erkämpften Rechten geworden war, schrieb er (im *„Spaziergang):* „Ich könnte weinen; es ist mir, als ob mir ein böser Geist meinen Himmel verdorben hätte. Ich wollte so gern einmal einen wahrhaft großen Mann rein verehren; das kann ich nun hier wieder nicht." Und in der Vorrede zu seiner Schrift *Mein Sommer 1805*, in der Seume seine Reise durch Rußland, Finnland und Schweden schilderte, ging er mit Napoleon wie mit den deutschen Fürsten so heftig ins Gericht, daß der Fürst von Dessau ihm durch den Dichter Matthison sagen ließ, wie besorgt er über solche Freimütigkeit sei. „Mich kümmert das wenig", bemerkte Seume dazu. „Mein Charakter fordert Offenheit und Wahrheit; die Folge überlasse ich dem Lenker des Schicksals."

Für seine Person hatte er es früh lernen müssen, harte Unbill mit stoischem Gleichmut zu ertragen. Sah er aber andere Unrecht leiden, lehnte er sich auf. „Ich habe nun einmal die Krankheit, daß mich alles, was Bedrückung, Ungerechtigkeit und Inhumanität ist, empört, und ich werde wohl schwerlich davon genesen.“ Dieses Geständnis (in der Einleitung zur zweiten Ausgabe seiner Gedichte vom Juni 1804) machte Seume früher schon in einem Brief vom 6. 2. 1800 an Gleim, der ihm ein väterlicher Freund war. Angesichts der Zustände in dem von Napoleon besiegten Europa wurden Seumes Anklagen in seinen *Schmieralien*, die Clodius 1811 als *Apokryphen* herausgab, bitterer und resignierter. Eine dieser Apokryphen lautet: „Und wenn Freiheit und Gerechtigkeit in Ewigkeit nichts als eine schöne Morgenröte wäre, so will ich lieber mit der Morgenröte sterben, als den glühenden ehernen Himmel der blinden Despotie über meinem Schädel brennen lassen.“ Und dem Archäologen Böttiger schrieb er im Dezember 1805: „Unsere Fürsten wollen uns zu Grabe läuten, um die Kammerherren eines fremden Abenteurers zu werden.“

Seume betrachtete es als seine Pflicht, für die Wahrheit zu kämpfen, und sollte er auch zum „Märtyrer der Wahrheit“ werden. Es ging ihm wider seinen Stolz, um sein eigenes Glück zu kämpfen. Zweimal liebte er, und in beiden Fällen wurde er in seinen Hoffnungen grausam betrogen. Im Winter 1795 verband Wilhelmine Röder sich plötzlich mit einem anderen Mann, und im Dezember 1804 tat Johanna Loth das gleiche. Befremdete sie der Ernst des kleinen hageren Mannes, der arm war an irdischen Gütern? Seume schrieb ihnen Abschiedsbriefe, in denen seine Vorhaltungen und Fragen durch liebevolle Rücksicht gemäßigt blieben. Und erst im Jahre 1807 enthüllte er Johanna Loth, die ihm zum Tode seiner Mutter kondoliert hatte, die Tragik seines Wesens: „Ich habe Briefe von Fürsten und Fürstinnen erhalten und sie ernst und kalt beiseite gelegt; aber ich habe Ihre Zeilen mit einer Innigkeit geküßt, daß ein nüchterner Zuschauer gewiß über die Entzückung des philosophischen Grämlings gelächelt haben würde. Das ist der Abstand vom Kopfe zum Herzen. Es ist sonderbar, daß ein Mensch so ganz, so einzig in seinem Gefühle lebt, den man sonst für hart und abschreckend und gefühllos hält. Ich kann dastehen kalt wie ein Marmorblock und dunkel wie eine Gewitterwolke, und in der Tiefe meiner Seele glüht und wogt ein Himmel oder eine Hölle von Gefühl."

Von seinen Schülern hingegen, mit denen Seume ausgelassen sein konnte wie ein „Wilder" und wiederum streng wie ein spartanischer Zuchtmeister, enttäuschte ihn keiner. Und keiner seiner Freunde. Der Dichter Christian Weiße und der Verlagsbuchhändler Göschen sorgten für Aufträge, die den auf seine Unabhängigkeit so sehr erpichten Seume zeitweise sicherten; Wieland verwandte sich für ihn zugunsten seiner Ansprüche in Petersburg; der Maler Veit Schnorr von Carolsfeld (der Vater des „Nazareners" Julius) war der verschwiegene und besorgte Vertraute. Sie leisteten Beistand, als der nach schweren Gichtanfällen arbeitsunfähig gewordene Seume Hilfe nicht mehr abweisen konnte. Und mit ihnen der Philosophieprofessor Clodius in Leipzig; der Dichter Christoph August Tiedge, Verfasser des Lehrgedichtes *Urania,* der für Seume tiefe Verehrung empfand; und Tiedges hochadlige Freundin Elisa von der Recke, die bekannt war durch Geistliche Lieder und berühmt durch ihre Entlarvung Cagliostros.

Seume vergalt Treue mit Treue. Es gab damals einen schwärmerischen Freundschaftskult, Seume aber war von Natur her geschaffen für die Freundschaft. Als er von seiner Fußwanderung durch Italien über Paris nach Deutschland zurückkam, bereitete er seinem Herzen einen letzten Festtag: das Wiedersehen mit dem Jugendfreund Karl Heino von Münchhausen, den er dereinst „an Neuschottlands westlichem Gestade liebgewann".

Das *Abschiedsschreiben an Münchhausen,* das Schiller in seiner *Thalia* druckte (dann in den Gedichtband *Rückerinnerungen von Seume und Münchhausen,* 1797, aufgenommen) ist eine der bewegendsten Hymnen auf die Freundschaft in deutscher Sprache. Der ganze Seume erscheint vor uns in dieser Strophe:

Sei immer Mann und groß durch innre Kräfte
Und überlaß nie andern ein Geschäfte,

Das du noch selbst zu enden magst;
Sei Harmonie in Wort und Tat, und weiche
Kein Haar breit, stark wie eine Königseiche,
Und felsenfest sei, was du sagst.

Seume selbst hielt sich nicht für einen Dichter. Virgil und Homer, deren Werke er ständig bei sich trug, hatten ihm einen zu hohen Begriff von Dichtung vermittelt. Und dennoch, nicht nur Seumes bekanntestes Gedicht, jenes von dem edlen Huronen, „der noch Europens übertünchte Höflichkeit nicht kannte“, besitzt alle Eigenschaften eines Kunstwerks aus Sprache. Das gleiche gilt für das *Gebet,* das Seume als Gefangener im Palais Brühl (1794) angesichts des Gemetzels in Warschaus Straßen niederschrieb – eine Gedankendichtung, gewiß, ein Ringen um Gottvertrauen, aber im Bild wie in der Sprache von dichterischer Kraft:

Die Zwietracht schwingt mit Schlangenarmen
Die Todesfackel ohn Erbarmen
Und würgt mit Wut in einem Augenblick,
Der göttlichen Vernunft zur Schande,
Die ganze Hoffnung ganzer Lande
Und mancher Jahre schönes Glück.
— — — — — — — — — — — — — —
So laß den Zweifel in mir stürmen
Und Nacht auf Nacht sich um mich türmen
Und alle Sinne sich im Schwindel drehn.
Ich will, o Gott, die Hände falten
Und mich an dich im Sinken halten;
Und sinkend werd ich nicht vergehn.

Aus Kindheitserinnerungen entstand die Idylle *Die Heuernte,* die mit der Strophe schließt:

Grillen zirpen, Wachteln schlagen,
Späte Nachtigallen klagen
Ihren Abschied sich.

Und der Sperling in dem Rohre
Zanket mit dem ganzen Chore
Unermüdet ritterlich.

Und mancher Abschnitt aus dem Hauptwerk *Mein Spaziergang nach Syrakus im Jahre 1802* sollte zum unverlierbaren Bestand deutscher Prosa gezählt werden, zum Beispiel die Beschreibung der Adelsberger Grotte oder der Besteigung des Ätna.

Mit diesem Neudruck seines Lebensberichtes (zuerst erschienen 1813) soll Seume aus der Vergessenheit in unsere Gegenwart zurückgeholt werden. Er begann die Niederschrift erst kurz vor seinem Tode und konnte nur seine ersten dreiundzwanzig Jahre schildern. Sein Freund Clodius übernahm die schwierige Aufgabe, von den weiteren vierundzwanzig Jahren, den Jahren des Grenzgängertums zwischen Ideal und Wirklichkeit, zusammenfassend zu berichten. Seine Worte am Grabe des Freundes beweisen, wie gut der Philosoph den Dichter in seinem Wesen erkannt hatte. Auch durch seine auf Vernunft gegründete Religiosität stand Clodius dem Grenzgänger nahe. Gewiß hätte Seume selbst die Beschreibung seiner zweiten Lebenshälfte, in der er ein freier Mann war und aus freiem Entschluß kämpfen und wagen konnte, polemischer gefaßt und mit seinen Sarkasmen gewürzt. Und statt der allzu privaten Gedichte hätte er wesentlichere Proben gewählt. Aber die Fortsetzung von Clodius behält den Wert eines auf intimer Kenntnis beruhenden Porträts. Der Wechsel von der Ich-Erzählung zum Er-Bericht wird dadurch gemildert, daß Seume einen Ton der objektiven Feststellung gewahrt hatte. Wie summarisch zum Beispiel deutete er seine religiösen Zweifel nur an, die ihn zu dem folgenschweren Entschluß bewegten, Leipzig zu verlassen. Er behielt Distanz zur eigenen Person und gab seiner Schilderung den Charakter eines Ereignisberichtes, während die Autobiographien seiner Zeitgenossen Ulrich Bräker, Jung-Stilling und Karl Philipp Moritz viel mehr dem Entwicklungs- und Bildungsroman verwandt sind und mit Seumes Bericht nur in der Ausgangsposition übereinstimmen: die Welt des Geistes muß mit Hungerjahren und auf leidvollen Umwegen erkämpft werden. Noch mehr außer Vergleich bleibt Goethes *Dichtung und Wahrheit,* deren erster Teil im Jahre 1811 erschien, ein Jahr nach Seumes Tod.

Im übrigen durfte Clodius sich mit dem Gedanken beruhigen, daß Seumes Schriften vorlagen, während der interessierte Leser sie heute in Antiquariaten und wissenschaftlichen Bibliotheken suchen muß. Nur der *Spaziergang* wurde mehrfach neu herausgegeben, so 1940 von Hermann Kasack. Eine Auswahl aus seinem Gesamtwerk veröffentlichte 1912 Wilhelm Hausenstein, 1947 O. E. H. Becker. Das literarhistorisch maßgebende Werk über Seume gaben Oskar Planer und Camillo Reißmann 1898 heraus (Neuausgabe 1904). Für die Lebensgeschichte Seumes wie zur Geschichte seiner Zeit bleiben außer seinen bereits genannten Schriften aufschlußreich: *Einige Nachrichten über die Vorfälle in Polen 1794* (ersch. 1796) und die zwei Schriften von 1797: *Über das Leben und den Charakter der Kaiserin von Rußland Katharina II.* und *Zwei Briefe über die neuesten Veränderungen in Rußland seit der Thronbesteigung Pauls des Ersten,* die beide denkwürdige Seiten des Idealisten über den Freiheitsbegriff enthalten. Mit vorbildlicher Unparteilichkeit wird der russische Feldherr Suworow gewürdigt, wie in dem Polenbericht dessen Gegner Kosciuszko. 1799 gab Seume *Anekdoten zur Charakterschilderung Suworows* heraus. Seine politischen Leitbilder aber blieben Miltiades, den er 1808 in einem Drama verherrlichte, und Aristides. Einen neuen Aristides sehnte Seume in seinem Gedicht *Faustin* herbei – und sollte auch ihn ein Scherbengericht verbannen:

Und endlich treibt das Volk, ein Bild der Weltgeschichte,
aus seinem Kreis den reinen Mann,
weil es das Strafgericht von seinem Angesichte
nicht mehr ertragen kann.

Günther Birkenfeld

Eine Bibliothek der Weltliteratur für alle

Am 13. November 1867 kündigte das Börsenblatt für den Deutschen Buchhandel eine »Universal-Bibliothek« an. Anton Philipp Reclam (1807–1896), der in dieser Sammlung von billigen Einzelausgaben »das Erscheinen sämmtlicher classischer Werke unserer Literatur, die ein allgemeines Interesse in Anspruch nehmen«, versprach, trat damit in den Kreis der großen Volksbildner des 19. Jahrhunderts ein.

Die ersten Serien der Universal-Bibliothek enthielten Goethes Faust, Schillers Tell, Lessings Nathan, Shakespeares Romeo und Julia, Kleists Käthchen von Heilbronn, Hebels Alemannische Gedichte und eine Anzahl weiterer Werke der großen Literatur. Sie brachten aber auch schon einige Titel, die in eine Idealbibliothek der Weltliteratur gehören, ohne zu den Werken breitester Publikumswirkung zu zählen, so z. B. das Gespräch Jean Pauls über die Unsterblichkeit (Das Kampaner Tal) oder Werke von Mendoza, Voltaire und Robert Burns. Anton Philipp Reclam zeigte so in seiner ersten Ankündigung, was ihm vorschwebte: die Schaffung einer Bildungsbibliothek größten Ausmaßes ohne Rücksicht auf den sich rasch ändernden Publikumsgeschmack des Augenblicks. Trotzdem war seine Sammlung keineswegs nur als eine Reihe von Klassikerausgaben gedacht: unter den ersten Nummern waren drei lebende Autoren; die Bemühung um die bedeutende Gegenwartsliteratur ist der Universal-Bibliothek von ihrem Gründer vorgeschrieben.

Anton Philipp Reclam versprach in jener ersten Ankündigung den raschen Weiterausbau der Sammlung. Dieses Versprechen haben er, sein Sohn und seine Enkel erfüllt. Zur Feier ihres 75jährigen Bestehens im Jahre 1942 umfaßte die Universal-Bibliothek nicht weniger als 7500 Nummern, sie umspannte die Weltliteratur aller Zeiten. Man konnte den Koran ebenso wie ein Drama der Inka-Zeit oder den mittelhochdeutschen Versroman Flore und Blancheflur oder die Briefe Byrons darin finden und – kaufen. Denn das war die weitere Voraussetzung seines Erfolges: es gelang ihm, alle diese Werke zu dem unerhört niedrigen Nummernpreis von nur zwei Groschen herauszubringen.

Der Raum, den Reclams Universal-Bibliothek im Kulturleben der Welt eingenommen hat, wird in einer einzigen Zahl deutlich: bis zu den Brandnächten der Jahre 1943 und 1944 sind im Leip-

ziger Verlagshaus etwa 280 Millionen dieser Bändchen gedruckt worden. Die Bomben des Krieges aber vernichteten den größten Teil der noch lagernden Bestände. Damit wurde mehr zerstört als nur das Lager eines großen Verlages. Der Wert der Sammlung hatte ja darin gelegen, daß nahezu sämtliche einmal aufgenommenen Titel jederzeit lieferbar waren, daß man bei Reclam praktisch alles, was man suchte, auch wirklich bekam.

Unmittelbar nach der Katastrophe begann man aufs neue. Heute ist es einer der Urenkel des Gründers, der – jetzt von Stuttgart aus – mit seinen Mitarbeitern das Lebenswerk der Väter wieder aufbaut. In vielem hat man neue Wege beschritten. Die Absicht, eine in allen Titeln stets lieferbare, möglichst weitausgreifende und umfassende Sammlung von Textausgaben der Weltliteratur zu schaffen, ist geblieben. Selbst das alte Taschenbuchformat bewährt sich heute, als wäre es soeben für unsere Zeit erfunden, und die Herstellung in einem eigenen technischen Betrieb gewährleistet den für jeden erschwinglichen Preis.

Zunächst standen die klassischen Bildungstitel wieder im Vordergrund der Planung. Bald war man in der Lage, der deutschen Schule wie früher ihre Klassenlesestoffe zur Verfügung zu stellen und der Bibliothek des Gebildeten Ersatz für manchen Verlust des Krieges zu bieten. – Aber die neue Sammlung wächst stetig weiter, um 80 bis 100 Titel jährlich, so daß sie im Jubiläumsjahr 1967 bereits 1200 Titel umfaßte. Dabei handelt es sich läufig um kommentierte, textkritische oder zweisprachige Ausgaben, durch die besten Fachkenner herausgegeben und mit gründlichen Einführungen oder Nachworten versehen. Mit ihnen gibt die Universal-Bibliothek auch der Hochschule mehr und mehr Seminartexte an die Hand, wie sie dem Studenten so preiswert bisher nicht zugänglich gewesen waren.

Man findet die Tragödien des Aischylos, Sophokles und Euripides, Vergils Aeneis neben Dantes Göttlicher Komödie, man findet die Lieder des Archipoeta, den Ackermann aus Böhmen und das Volksbuch vom Doktor Johann Fausten neben Gryphius, Klopstock, Lessing, J. M. R. Lenz, Ludwig Tieck, Grillparzer und Fontane, man findet gleichermaßen Calderon, Lope de Vega, Corneille und Racine wie Marlowe, Dickens, Wilde und Ibsen oder Puschkin, Gogol, Ostrowskij und Lesskow. Die moderne Literatur ist mit Anouilh, Faulkner, Ionesco, Robbe-Grillet, Gottfried Benn, Wilhelm Lehmann und in Hörspielbänden von Böll, Eich, Marie Luise

Kaschnitz u. a. vertreten, die Philosophie reicht von Platen und Aristoteles bis Gabriel Marcel und Heidegger. Über all das gibt am besten der neueste Gesamtkatalog der Universal-Bibliothek Auskunft.

Zu den Einzelausgaben treten eine Reihe von Epochen-Anthologien wie Griechische Lyrik, Lateinische Gedichte deutscher Humanisten, Das Junge Deutschland, Der deutsche Vormärz, Klassiker des Feuilletons, Lyrik des Jugendstils und Gedichte des Expressionismus sowie die Anthologien moderner Erzähler Deutschlands, Frankreichs, Italiens, Ungarns, Jugoslawiens, Rußlands, Irlands und Nordamerikas. – Waren die Bhagavadgita, das Gilgamesch-Epos oder die Sakuntala von Kalidasa bald nach dem Kriege wieder verlegt worden, so ermöglichte die UNESCO im Jahre 1964 dem Verlag eine weitere Ausdehnung der Themen der Universal-Bibliothek auf die Literatur und Philosophie des Ostens; es erscheinen nun persische, indische, chinesische und japanische Gedichte, Prosa und philosophische Texte, wiederum in sorgfältiger kommentierten meist neuen Übersetzungen mit ausführlichen Einleitungen.

Das weite Gebiet der bildenden Kunst war der Sammlung früher verschlossen. Die modernen Reproduktionsverfahren ermöglichen heute aber durchaus instruktive und eindrucksvolle Wiedergaben selbst im Taschenbuchformat. Der Verlag nutzte diese neue Möglichkeit zu einer willkommenen Bereicherung seiner Universal-Bibliothek und begann 1956 die Sonderreihe Werkmonographien zur bildenden Kunst, die inzwischen zu einer Sammlung in der Sammlung angewachsen ist. Das Charakteristische dieser Bändchen ist, daß bekannte Kunsthistoriker jeweils ein bedeutendes Kunstwerk zwischen der Antike und der Gegenwart in gründlicher und umfassender Darstellung gemeinverständlich aber exakt interpretieren, wobei Entstehungsgeschichte, Deutung der Formen und Kennzeichnung des geistigen Hintergrundes in gleicher Weise berücksichtigt werden. Zeitgenössische Dokumente, Briefe, Selbstzeugnisse und ein Lebenslauf des Künstlers ergänzen die Einführungen. Jedes Bändchen enthält 16 Bildtafeln, die außer dem ganzen Werk Details und Vergleichsbeispiele zeigen.

Eine Bibliothek der Weltliteratur ist im Wiederentstehen, eine wahrhaft umfassende Sammlung der großen Zeugnisse des menschlichen Geistes.

Autobiographische Literatur

IN RECLAMS UNIVERSAL-BIBLIOTHEK

Eine Auswahl

Alfred Andersch, *Die Kirschen der Freiheit.* Ein Bericht. 8756

Augustin, *Bekenntnisse.* Eingeleitet und übersetzt von Wilhelm Thimme. 2791-94/94a/b

Ulrich Bräker, *Lebensgeschichte und natürliche Ebenteuer des Armen Mannes im Tockenburg.* Herausgegeben von Werner Günther. 2601/02/02a

Hans Carossa, *Aus den Lebensbüchern.* Mit einem Nachwort von Albrecht Goes. 7782

Theodor Fontane, *Aus den Erinnerungsbüchern.* Ausgewählt und mit einem Nachwort versehen von Alfred John. 7712

Götz von Berlichingen, *Lebensbeschreibung des Ritters Götz von Berlichingen.* Ins Neuhochdeutsche übertragen von Karl Müller. Mit einem Nachwort von Hermann Missenharter. 1556

Friedrich Hebbel, *Aufzeichnungen aus meinem Leben – Selbstbiographie.* Mit Anmerkungen und Nachwort herausgegeben von Wilhelm Schiller. 7748

Ricarda Huch, *Frühling in der Schweiz.* Jugenderinnerungen. 7638

Jean-Paul, *Selberlebensbeschreibung – Konjektural-Biographie.* Mit einem Nachwort von Ralph-Rainer Wuthenow. 7940/41

Johann Heinrich Jung-Stilling, *Henrich Stillings Jugend, Jünglingsjahre, Wanderschaft und häusliches Leben.* Mit einem Nachwort und Anmerkungen von Dieter Cunz. 662-66

Peter Rosegger, *Aus meiner Waldheimat.* Eine Auswahl. Mit einem Nachwort von Max Mell. 7797

Johann Gottfried Seume, *Mein Leben.* Nebst Fortsetzung von C. A. H. Clodius. Mit einem Nachwort von Günther Birkenfeld. 1060/60a

Ernst Wiechert, *Eine Jugend in den Wäldern.* Mit einem Nachwort von Wolfgang Heybey. 8214

PHILIPP RECLAM JUN. STUTTGART